조각맞추기
JIGSAW

옮긴이 홍지로
서울대학교 영어영문학과에서 그럭저럭 성실한 영문학도 생활을 마친 후 연세대학교 커뮤니케이션대학원 방송영화학과에서 불성실한 영화학도로 살아가고 있다. 한국시네마테크협의회 소속 서울아트시네마에서 때때로 고전영화 자막 번역을 맡고 있다는 사실에 과도한 자부심을 지니고 있다. 애인 있음.

JIGSAW
Text Copyright © 1970 Hui Corporation
All rights reserved

Korean translation copyright © 2013 by Finis Africae
Korean translation rights arranged with Curtis Brown Group Limited
through EYA(Eric Yang Agency)

이 책의 한국어판 저작권은 EYA(Eric Yang Agency)를 통해
Curtis Brown Group Limited와 독점 계약한 **피니스 아프리카에**에 있습니다.
저작권법에 의하여 한국 내에서 보호를 받는 저작물이므로
무단전재와 복제를 금합니다.

이 도서의 국립중앙도서관 출판시 도서목록(CIP)은 서지정보유통지원시스템 홈페이지(http://seoji.nl.go.kr)와
국가자료공동목록시스템(http://www.nl.go.kr/kolisnet)에서 이용하실 수 있습니다.
CIP제어번호:CIP2013018734

조각맞추기

피니스
아프리카에

헬렌과 진 페데리코에게

이 소설 속 도시는 모두 상상에 의한 것이다.
등장인물도 장소도 모두 허구다.
다만 경찰 활동은 실제 수사 방법에 기초했다.

† **일러두기**
본문의 모든 주는 옮긴이 주입니다.

1

아서 브라운 형사는 흑인이라고 불리는 것을 좋아하지 않았다.

이름이 브라운이기 때문인지도 몰랐다. 아니면 피부색이 이름 그대로 갈색이기 때문이거나. 혹은 그가 깡마른 소년 시절 이 멋진 도시에 처음 왔을 때만 하더라도 '흑인black'이라는 단어는 첫 글자가 같다는 이유만으로 '잡놈bastard'이라는 단어와 연결되곤 했다는 사실 때문이거나. 이제 나이가 서른넷에 이르고 보니 사고방식이 다소간 구식이 돼 버린 건 아닌가 싶기도 했지만, 그래도 수많은 인권 운동가들이 뭐라고 지지하든 간에 그 단어만은 여전히 경멸조로 들렸다. 브라운은 피부색이나 영혼에서 자신의 정체성을 찾는 사람이 아니었다. 그는 자신의 정체성을 사람이라는 데에서 찾고자 했고, 보통은 쉽게 찾을 수 있었다.

그의 키는 193센티미터였고, 속옷 바람의 몸무게만 해도 1백 킬로그램에 달했다. 헤비급 권투 선수처럼 건장한 체격에 강인한 근육을 지녔으며, 짧게 깎아 부드러운 검은 모자처럼 머리에 딱 달라붙은 머리카락이 단정한 용모를 더욱 강조해 주었다. 이런 스타일이 '자연스럽게' 보이는 스타일로 유행하기 전부터 이와 같은 머리 모양을 선호해 온 터였다. 눈은 갈색이었고, 콧구멍은 넓었으며, 입술은 두껍고, 손은 그보다 더 두꺼웠다. 그리고 재킷 안에는 38구경 스미스 앤드 웨슨이 든 총집을 차고 있었다.

그의 발밑에 누워 있는 두 사내는 백인이었다. 둘은 죽어 있었다.

한 사내는 검은 신발과 파란 양말, 짙은 파란색 바지와 목 부분이 트인 옅은 파란색 셔츠, 황갈색 포플린 지퍼 재킷을 입고 있었고 금색 다윗의 별이 달린 가느다란 금줄을 목에 걸고 있었으며 가슴에는 두 군데에 총알구멍이 나 있었다. 다른 사내 쪽은 차림새가 좀 더 우아했다. 그는 갈색 신발, 양말과 바지에 흰색 셔츠, 녹색 넥타이, 새발 격자무늬 스포츠 재킷을 입고 있었다. 접이식 칼의 칼날이 부러진 채 목젖 바로 아래에 보일 듯 말 듯 꽂혀 있었고 펼쳐진 오른손 옆에는 루거 권총이 놓여 있었다.

아파트는 도살장 같았다.

애당초 그렇게 대단한 아파트도 아니었다. 브라운이 인생의 첫 스물두 해를 살았던 게토에도 이보다 나은 아파트는 얼마든지 있었다. 컬버 가의 한 다세대주택 3층에 위치한 이 아파트는 방 두 개에 욕실은 하나였고 배면 노출, 그러니까 빨랫줄 위로 수요일 치 빨래가 펄럭이고 있는 뒷마당을 마주 보는 위치였다. 오후 10시가 다 되어 가는 시각으로, 건물 주인이 순찰 중인 경찰을 불러 세워 위층에서 총소리가 났다고 말한 지 4분이 지나고, 거기서 다시 순찰 경관이 문을 강제로 열고 들어가 시체를 발견하고 경찰서에 연락을 취한 지 6분이 지난 시점이었다. 브라운은 잠시 눈을 붙이고 있던 중에 전화를 받았다.

살인반은 아직 도착하지 않았는데, 그편이 더 나았다. 브라운은 살인반이 이 도시에서 일어난 살인 사건을 죄다 의무적으로 확인하도록 해 놓은 경찰 규정을 도무지 이해할 수 없었다. 어차피 사건은 언제나 신고를 접수한 분서에 배정되지 않느냐 말이다. 브라운이 보기에 살인반 경찰들은 거의가 음험하고 유머 감각 없는 치들이었다. 브라운의 아내인 캐롤라인은 당신도 딱히 그렇게 웃기는 양반은 아니라고 곧잘 말하곤 했지만, 그는 그거야 예언자가 고향 땅에서는 대접받지 못하기 마련인 것과 비슷한 상황일 뿐이라고 생각했다. 사실 브라운은 자신이 가끔은 익살스러운 사람이라고 생각했다. 가령 지금도 그렇게 생각했기 때문에 그는 경찰 사진사를 돌아보며 다음과 같이 말했던 것이다. "여기 실내 장식은 누가 했는지 모르겠군." 사진사는 캐롤라인 브라운과 뜻을 같이하는 모양이었다. 그는 웃음기 하나 없이 두 사체 주변을 춤추듯 돌며 사진을 찍었고, 몸을 틀어 다른 각도를 찾은 다음 다시 사진을 찍었고, 그런 다음 죽은 사내들의 이편으로 자리를 옮겼다가 다시 저편으로 움직였다. 그러는 동안 브라운은 그가 웃음을 터뜨리기만을 기다렸다.

"여기 실내……." 브라운이 말했다.

"들었어, 아티." 사진사는 그렇게 대꾸한 다음 다시 카메라를 들고 찰칵거렸다.

"하여간 타지마할은 아니잖아."

"뭔들 그렇겠나."

"뭣 때문에 그렇게 뚱한 거야?"

"내가? 뚱하다고? 누가 뚱하다는 거야?"

"아냐. 됐어." 브라운은 사체를 향해 다시 시선을 흘끗 던진 다음 뒷마당으로 면한 두 개의 창문이 있는 방 건너편으로 걸어갔다. 창문 하나는 활짝 열려 있었다. 브라운은 걸쇠를 확인했고, 이내 억지로 뜯은 흔적을 보았다. 좋아, 한 놈은 이렇게 들어왔군. 둘 중 어느 놈이려나. 그리고 왜 그랬는지도 궁금한걸. 대체 이런 쓰레기장에서 뭘 훔치려고 했던 거야?

브라운은 창턱 밖을 넘어다보았다. 텅 빈 우유 팩, 구겨진 기름종이 뭉치, 그리고 화재용 비상구에 놓인 화분 하나뿐이었다. 화분에 심긴 식물은 죽어 있었다. 브라운은 마당을 내려다보았다. 한 여자가 골목길 벽 근처의 쓰레기통에 쓰레기를 버리고 있었다. 그녀는 어쩌다가 쓰레기통 뚜껑을 떨어뜨리고는 맑고 쨍한 목소리로 "이런 젠장!"이라고 외친 다음 몸을 숙여 뚜껑을 주웠다. 브라운은 창가에서 몸을 돌렸다.

살인반 형사 모노건과 먼로가 막 문간으로 들어서는 참이었다. 두 사람 모두 파란색 서지 정장에 갈색 구두, 회색 페도라를 갖춰 입은 모습이 거의 똑같아 보였다. 먼로는 밤색 니트 타이를, 모노건은 노란색 실크 타이를 하고 있었고 둘 다 정장 재킷의 가슴 주머니에 배지를 꽂고 있었다. 먼로는 최근에 콧수염을 기르기 시작했는데, 입술 위로 듬성듬성 난 터럭이 부끄러운 모양이었다. 감기에 걸리지도 않았으면서 연신 손수건으로 코를 풀어 대는 것이, 아무래도 그 하얀 정사각형 천 조각 뒤로 자신의 보기 흉한 털을 숨기고 싶은 기색이었다. 모노건은 먼로보다 더 그 콧수염이 부끄러운 눈치였다. 15년 동안 같이 일해 온 파트너에게 상의도 없이 어느 날 갑자기 콧수염을 기른다는 것은 말도 안 되는 일이 아닌가. 모노건은 먼로의 콧수염을 증오했다. 그 콧수염은 미학적이지 못했다. 그는 그 콧수염이 부끄러웠다. 그 콧수염은 눈에 거슬렸다. 그리고 눈에 거슬렸기 때문에 자꾸만 쳐다보게 되었고 그가 쳐다보면 쳐다볼수록 먼로는 더욱 자주 손수건을 꺼내어 코를 풀면서 콧수염을 감추었다.

"이런, 이런, 이게 다 뭐야?" 먼로가 코를 풀며 말했다. "안녕, 브라운."

"안녕, 브라운." 모노건이 말했다.

"이런 걸 두고 철저한 솜씨라고 하는 거 아니겠어." 먼로는 손수건을 주머니에 넣었다. "누가 왔다 갔는지 몰라도 전문가군그래."

"프로의 짓이야." 모노건이 말했다.

"경찰이 한 짓이라고 해도 믿겠는걸."

"아니면 소방수이거나." 모노건은 그렇게 말하고 파트너의 콧수염을 쳐다보았다. 먼로는 다시 손수건을 꺼냈다.

"뭔가를 간절히 찾았던 모양이야." 먼로가 코를 풀었다.

"이런 집구석에서 누가 뭘 찾겠어?" 모노건이 물었다. "이런 집구석에는 뭐가 있는지 알아?"

"뭐가 있는데?" 브라운이 물었다.

"바퀴벌레." 모노건이 대답했다.

"빈대." 먼로가 덧붙였다.

"바퀴벌레랑 빈대." 모노건이 정리했다.

먼로는 손수건을 넣었다.

"집 안 꼴을 좀 보라고." 모노건은 그렇게 말하며 고개를 절레절레 저었다.

브라운은 집 안 꼴을 보았다. 침대 틀이 드러나 있고 매트리스는 양쪽 모두 난도질당했으며 이불솜은 바닥에 온통 흩뿌려졌다. 베개와 1인용 안락의자의 쿠션, 팔걸이, 등받이에도 마찬가지로 꼼꼼한 작업이 이루어졌다. 벽의 빛바랜 자국들이 한때 액자가 걸려 있던 자리를 말해 주었지만 이제 거기 있던 사진은 전부 끌어내려져 아마도 뒷면을 검사당한 다음 바닥에 내동댕이쳐진 상태였다. 옷 수납장 서랍에 들어 있던 내용물도 비슷한 방식으로 방 안 여기저기에 팽개쳐졌고 서랍 자체도 수납장에서 빠져나와 내던져진 채였다. 스탠드 하나는 갓이 벗겨진 채 쓰러져 있었다. 화장실 문간 너머로 약장이 열려 있고 그 내용물이 수챗구멍 위에 쏟아져 있는 광경이 브라운의 눈에 들어왔다. 변기 수조 뚜껑도 열려 있었다. 심지어 휴

지까지도 휴지걸이에서 빠져나와 있었다. 부엌에는 냉장고 문이 열려 있었고 음식물은 바닥에 아무렇게나 내버려져 있었다. 싱크대 서랍 하나를 에나멜이 칠해진 싱크대 위에다 비워 낸 바람에 식기가 사방에 흩어져 있었다. 먼로의 현명한 발언 그대로, 누군가가 무언가를 간절히 찾았던 게 틀림없었다.

"사체들 신원은 파악됐나?" 모노건이 브라운에게 물었다.

"아직."

"강도 미수 같아?"

"그래."

"어떻게 들어왔지?"

"화재용 비상구로. 창틀에 연장 흔적이 있어."

"그러다 또 다른 녀석이 느닷없이 들어왔고, 빙고!"

"찾던 건 찾았을까?"

"아직 확인 안 했어." 브라운이 말했다.

"뭘 기다려?"

"루가 아직 사진 찍는 중이라. 검시관도 안 왔고."

"신고는 누가 했지?" 먼로가 물었다.

"집주인. 총소리를 듣고 순찰 중이던 키엘리를 불렀어."

"그녀를 불러 보지." 모노건이 말했다.

"그러지." 브라운이 대답했다. 그는 문가로 가서 순찰 경관에게 집주인을 데려오라고 지시했다. 그때 마셜 데이비스가 허둥지둥 아파트 복도를 달려오는 모습이 보였다.

"늦어서 미안, 아티. 타이어가 펑크 났지 뭔가."
"자넬 찾는 전화가 왔었어." 브라운이 말했다.
"누구?"
"그로스먼 경위."
"뭐래?"
"바로 연구실로 돌아오래."
"연구실? 왜? 내가 돌아가면 여긴 누가 맡고?"
"모르지."
"그 양반이 시내에서 뭘 준비해 놓고 기다리고 있을지 알아? 분명 깜찍한 깜짝 선물일 거라고. 근사한 뺑소니 피해자라든가. 트레일러트럭에 치인 사내라든가. 난 밤새 남자 엉덩이에서 헤드라이트 조각이나 뽑는 신세겠지. 아이고야, 일진하고는."
"아직 시작도 안 했잖아."
"내 하루는 오늘 아침 일곱 시에 이미 시작됐다고." 데이비스는 깊은 한숨을 내쉬었다. "알았어, 그럼 돌아가지. 다시 연락하시거든 가고 있다고 말씀드려. 여긴 누가 맡으려나 모르겠네. 검시관은 아직 안 왔어?"
"아직 안 왔어."
"흔한 일이지." 데이비스는 그렇게 말하고는 아파트를 나섰다.
5분도 채 지나지 않아 순찰 경관이 위층에서 집주인을 데리고 돌아왔다. 그 즈음에는 검시관도 도착해서 사체를 검사하고 있었다. 브라운과 두 살인반 형사는 집주인을 부엌으로 데려갔다. 그곳에서라면 바닥에 널브러진 두 사체에 신경이 분산되는 일 없이 대화를 나눌 수 있을 터였다. 집주인은 40대 후반의 여자로, 매력이 없지는 않았다. 금발 머리를 둥글게 묶어 뒤통수에 얹고 있었다. 아일랜드계 특유의 커다란 눈은 코크 군郡아일랜드 남서부의 항구도시처럼 푸르렀으며 말투에서도 아일랜드 사투리가 희미하게 묻어 났다. 이름은 월터 번스 부인이라고 했다.

"진짜요?" 모노건이 말했다. "경위와 친척 관계입니까?"

"경위라니요?"

"팔십칠 담당 말이오." 먼로가 말했다.

"팔십칠 분서." 모노건이 말했다.

"경찰입니다." 먼로가 말했다.

"친척 중에 경찰은 없는데요." 번스 부인이 말했다.

"아주 훌륭한 경찰이죠." 모노건이 말했다.

"나랑은 상관없는 사람이에요." 번스 부인이 단호하게 말했다.

"무슨 일이 있었는지 말씀해 주시겠습니까, 번스 부인?" 먼로가 말했다.

"총소리를 들었어요. 곧장 밖으로 나가서 경찰에게 소리쳤죠."

"여기로도 올라와 보셨습니까?"

"아뇨."

"왜 안 올라오셨죠?"

"댁이라면 그러고 싶겠어요?"

"번스 부인." 브라운이 말했다. "방금 들어오실 때 말입니다, 혹

1 조각맞추기 15

시 다른 방에 시체가 있는 걸 알아차리셨습니까?"

"그걸 몰랐으면 내가 귀머거리에 벙어리에 장님이게요?"

"둘 중 아는 사람이 있었나요?"

"한 사람은요."

"어느 쪽이죠?"

"스포츠 재킷 입은 사람이오." 그녀는 그렇게 말한 다음 주저하는 기색 없이 덧붙였다. "목에 칼이 꽂혀 있는 사람 말이에요."

"그 사람이 누구죠, 번스 부인?"

"이름은 도널드 레닝거예요. 이 건물에서 이 년 넘게 살았어요."

"다른 사람은요? 유대인의 별을 걸고 있는 사람은요?"

"그 사람은 한 번도 본 적 없어요."

"그 사람이 침입한 모양이군." 먼로가 말했다.

"이 동네에는 빈집털이가 많아요." 번스 부인은 그렇게 말하며 형사들을 나무라듯 바라보았다.

"우리도 최선은 다하고 있습니다." 모노건이 무성의하게 말했다.

"그러시겠죠." 번스 부인은 그보다 더 무성의하게 대꾸했다.

"레닝거 씨는 뭘 하는 사람이었습니까?" 브라운이 물었다.

"주유소에서 일했어요."

"어느 주유소인지도 아시나요?"

"리버헤드 어디랬는데. 정확히 어딘지는 몰라요."

"결혼은 했나요?"

"아뇨."

"그럼 미혼이었겠군, 그렇죠?" 먼로가 물었다.

"결혼을 안 했으니까, 아마도 미혼이었겠죠." 번스 부인은 비꼬듯이 답하고 먼로의 콧수염을 쳐다보았다.

먼로는 손수건을 꺼냈다. 그는 사과하듯 코를 풀며 말했다. "이혼했을 수도 있으니까."

"아무렴." 모노건이 말했다.

먼로는 그에게 미소를 지어 보이고 손수건을 넣었다.

"다른 사람은 본 적이 없으시다고요?" 브라운이 말했다.

"한 번도요."

"이 건물에서도……."

"없어요."

"……아니면 동네 다른 곳에서도요?"

"없어요."

"고맙습니다, 번스 부인."

집주인은 문 쪽으로 향했다. 그녀는 문을 나서려다 말고 돌아보며 말했다. "이름이 뭐래요?"

"누구 말씀이십니까?"

"그 경위요."

"피터입니다."

"우리 집안에 피터 번스는 없어요." 그녀는 그렇게 말한 다음 만족스럽다는 듯 밖으로 나갔다.

검시관이 검사를 마쳤다. 그는 형사들을 지나치면서 말했다. "검

1 조각맞추기 17

시가 끝나는 대로 보고서를 보내 주지. 일단 추측한 거라도 들어 보겠나?"

"좋지." 브라운이 말했다.

"첫 번째 총알은 포플린 재킷을 입은 사내의 갈비뼈에 맞은 다음 그 아래에 박힌 것 같네. 아무튼 그 총알은 사내를 쓰러뜨리지 못했네. 왼쪽 주먹을 쥔 걸 보면 주먹을 휘두른 모양이고, 거기서 다시 상대방의 목에 칼을 박아 넣을 시간은 있었던 모양이야. 아마 그때쯤 총이 다시 발사됐을 테고. 두 번째 총알이 심장을 깨끗이 관통한 것 같아. 포플린 재킷 입은 사내는 쓰러지기 시작했고, 그러면서 칼날이 부러졌어. 다른 사내도 마찬가지로 쓰러졌고, 몇 분 안에 사망했을 거야. 피를 엄청 흘린 걸로 봐서 칼이 경정맥을 건드린 것 같고. 이만하면 됐나?"

"그래, 고마워."

"자네가 맡을 건가, 아티?"

"달리 방법이 없겠는데."

"뭐, 뻔한 건이니까. 내일 오전에 보고서를 보내 주지. 그만하면 충분히 빠르겠지?"

"도주할 놈도 없으니까."

"잘 있으라고들." 검시관은 손가락을 흔들어 보이고는 밖으로 나갔다.

"그래서 이놈이 여기서 찾던 게 대체 뭐야?" 모노건이 물었다.

"이거 같은데." 먼로가 말했다. 그는 포플린 재킷을 입은 사체 곁에 웅크리고 앉아 있었다. 그는 죽은 사람의 꽉 쥔 왼손을 간신히 편 다음 반들반들한 사진의 일부로 보이는 무언가를 손바닥에서 끄집어냈다. 그는 사진 조각을 집어 올려 브라운에게 건넸다. "한번 보라고."

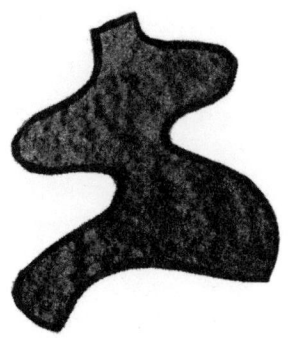

2

"그게 뭐야?" 스티브 카렐라 형사가 물었다.

"스냅사진 조각." 브라운이 말했다.

두 사람은 형사실 한쪽 구석에 자리하고 있었다. 브라운은 자신의 책상 뒤에 앉았고, 카렐라는 그 책상 한쪽 모서리에 걸터앉은 채였다. 6월 이른 아침의 햇살이 형사실 안으로 쏟아져 들어왔다. 열린 창문을 덮은 철망 사이로 온화한 산들바람이 흘러들었다. 카렐라는 책상 모서리에 앉은 채 늦봄의 공기를 쿵쿵거리면서 공원 어디에서 잠이나 자고 있으면 좋겠다고 생각했다. 큰 키에 넓은 어깨, 날씬한 엉덩이의 다부진 체격 때문에 마치 훈련 중인 운동선수 같다는 인상을 주었지만 스포츠 비슷한 것이라도 한 거라고는 지난 휴가 때 푸에르토리코에서 스노클 잠수를 했던 게 마지막이었다.

그러니까, 각양각색의 범죄자들과 벌였던 다양한 추격전을 셈하지 않는다면 말이다. 카렐라는 그건 셈하고 싶지 않았다. 횟수만 세어 봐도 숨이 찰 지경이었으니까. 그는 이마 앞으로 흘러내린 긴 갈색 머리 가닥을 쓸어 넘긴 다음, 갈색 눈을 가늘게 뜨고 사진 조각을 바라보면서 혹시 슬슬 안경을 쓸 때가 된 게 아닐까 생각했다.

"뭐처럼 보여?" 그가 물었다.

"타이츠 입고 춤추는 여자." 브라운이 대답했다.

"내 눈에는 헤이그 앤드 헤이그 핀치 위스키 병 같은데. 여기 털 달린 건 뭐 같아?"

"무슨 털 달린 거?"

"여기 우둘투둘한 거 있잖아. 뭔지는 몰라도."

"진흙 같은데."

"아니면 벽의 일부거나. 치장용 벽토 바른 벽 같은 거 말이야." 카렐라는 어깨를 으쓱해 보이고는 사진 조각을 책상 위에 내려놓았다. "정말 이게 그…… 이름이 뭐랬지?"

"지갑에서 나온 신분증에 따르면 유진 에드워드 에르바흐라 더군."

"에르바흐라. 뭐 나온 건 있고?"

"정보과에서 신원 확인 중이야. 두 녀석 다."

"정말 에르바흐가 이것 때문에 아파트에 침입했다고 생각해?" 카렐라는 연필로 사진 조각을 툭툭 쳤다.

"글쎄, 그게 아니라면 왜 손에 쥐고 있었겠어, 스티브? 스냅사진 조각을 손에 쥐고 들어갔다고 생각하면 부자연스럽잖아, 안 그래?"

"그렇긴 하지."

"아무튼, 솔직히 말하자면 어떻게 되든 별 상관은 없지. 검시관은 뻔한 건이라고 했고, 나도 그 의견에 동감하는 편이야. 에르바흐가 아파트에 침입했다가 레닝거가 갑자기 집에 돌아오는 바람에 놀랐고 결국 우리 손에 깔끔한 이중 살인 사건이 들어오게 된 거지."

"그럼 사진은?"

"뭐, 에르바흐가 사진을 노린 거라고 치자고. 그래서 뭐? 놈은 그냥 레닝거의 손목시계를 노렸을 수도 있어. 어느 쪽이었든 간에 둘 다 죽었잖아. 어느 쪽이었든 간에 스냅사진 때문에 사건의 양상이 바뀔 일은 없다고."

"그야 그렇지."

"검시 보고서가 오는 대로 이 건은 종결 처리할 거야. 혹시 다른 생각이라도?"

"아니, 명확한 것 같네."

"검시관이 오늘 아침에 보내 준다고 했는데." 브라운은 시계를 바라보았다. "하긴, 아직 시간이 이르니까."

"우리가 상대하고 있는 놈들이 대체 어떤 부류의 고객님들이신지 궁금한걸."

"무슨 소리야?"

"한 명은 루거 권총, 다른 한 명은 이십 센티미터짜리 날이 달린 접이식 칼을 가진, 두 명의 선량한 시민이라."

"에르바흐가 뭐였는지는 몰라도 선량하고 평범한 시민은 아니었어. 창문 연 솜씨가 프로더라고."

"그럼 레닝거는?"

"집주인 말로는 주유소에서 일했대."

"정보과 녀석들이 빨랑빨랑 움직여 줘야 할 텐데 말이야."

"왜?"

"궁금하잖아."

"기록이 있다고 쳐. 그래도 달라지는 건 없다고. 안 그래?"

"이 건을 빨리 닫고 싶어서 안달이 난 것처럼 들리는데."

"맡아 놓은 사건이 산더미라고. 하지만 그래서 닫고 싶다는 건 아냐. 그냥 열어 둘 이유가 없다는 거지."

"그 아파트에 제삼자가 없었다면 말이지."

"그런 흔적은 없었어, 스티브."

"아니면……."

"아니면 뭐?"

"모르지. 하지만 스냅사진 조각 하나 때문에 절도죄까지 감수할 이유가 뭘까?"

"실례합니다." 형사실 저편에서 목소리가 들려왔다. 두 형사는 동시에 형사실 끝에 있는 나무 난간 쪽을 돌아보았다. 회색 네일헤드 정장을 입고 모자는 쓰지 않은 키가 큰 사내가 문 바로 바깥쪽에 서 있었다. 나이는 서른다섯쯤 되어 보였고 검은 머리카락은 숱이 풍성했으며 휘어져 올라간 길고 검은 콧수염은 먼로 같은 이가 보앉더라면 질투심으로 불타올랐을 법했다. 마찬가지로 짙고 검은 눈썹이 지금은 공손히 질문을 던지느라 치켜 올라가 있었다. 눈썹 아래 푸른 눈이 형사실을 비추는 햇살 속에서 눈부시게 반짝거렸다. 말투에 캄스 포인트의 억양이 적잖이 있는 것으로 보아 이 도시 토박이라는 것을 바로 알 수 있었다. "내근 경사님께서 올라가 보라고 하시더군요." 그가 말했다. "아서 브라운 형사님을 뵈러 왔습니다."

"접니다." 브라운이 말했다.

"들어가도 괜찮을까요?"

"그러십쇼."

사내는 쉽게 문 안쪽의 걸쇠를 찾아 열고는 사무실 안으로 성큼성큼 들어섰다. 키도 크고 손도 컸는데 왼손으로는 서류가방 손잡이를 쥐고 있었다. 무척 단단히 쥐고 있었다. 브라운이 보기에는 마치 가방을 사슬로 묶어 손목에 매달아 둔 것만 같았다. 사내는 상냥한 미소를 띤 채 오른손을 내밀며 말했다. "어빙 크러치라고 합니다. 만나 봬서 반갑습니다." 치아는 번쩍번쩍 빛났고 입 양쪽 가장자리의 보조개가 미소를 돋보이게 해 주었다. 높은 광대뼈와 휨 없이 곧게 뻗은 코는 그를 이탈리아 서부극의 주인공처럼 보이게 했다. 브라운이 생각하기로는 이름만 바꾼다면 당장에라도 은막의 스타가 될 것만 같았다. 어빙 크러치라는 이름은 이 사내의 이미지에 어울리지 않았다. 스티브 스터닝, 핼 핸섬, 제프 고저스─크러치(Krutch)는 '사타구니'라는 뜻의 crotch와 발음이 비슷하며, 스터닝(stunning)은 '놀라운', 핸섬(handsome)은 '잘생긴', 고저스(gorgeous)는 '근사한'이라는 뜻이다. 각각 스티브(Steve), 핼(Hal), 제프(Geoff)와 첫 글자를 맞추고 있다

같은 이름이 더 잘 어울릴 텐데.

"처음 뵙겠습니다." 브라운은 가볍게 손을 맞잡았다. 굳이 카렐라를 소개하지는 않았다. 경찰들이란 근무 시간 중에는 좀처럼 격식을 따지지 않는 법이다.

"앉아도 괜찮을까요?" 크러치가 말했다.

"그러시죠." 브라운은 자기 책상 오른쪽에 있는 의자를 가리켰다. 크러치가 앉았다. 그는 칼처럼 잡아 놓은 바지 주름이 망가지지 않게 조심하면서 다리를 꼰 다음 다시 눈부신 미소를 지어 보였다.

"그래, 작은 살인 하나 맡으신 모양입니다?"

두 경찰 모두 대답하지 않았다. 그들은 언제나 작은 살인 하나를 맡고 있었고 작은 살인이든 큰 살인이든 간에 형사실에 쳐들어온 낯설고, 잘생기고, 콧수염을 기르고, 옷 잘 입고, 미소 짓는 민간인과 그에 관해 토론하는 습관은 없었다.

"컬버 가에서 죽은 두 사람 말입니다. 오늘 아침 신문에서 읽었습니다."

"그 사람들이 뭐요?" 브라운이 물었다.

"제가 보험조사원이라는 걸 말씀드려야겠군요. 트랜스아메리칸 보험사 소속입니다."

"음흠."

"저희 회사는 아십니까?"

"이름은 들어 봤죠."

"올해로 십이 년째 근무하고 있습니다. 대학 졸업하자마자 시작해서요." 크루치는 말을 멈추었다가 덧붙였다. "프린스턴 대학이오." 그는 잠시 대답을 기다렸으나 저 유명한 모교의 이름을 들먹여 본들 별다른 반응을 이끌어 내지 못한다는 것만 확인하고는 다시 입을 열었다. "전에 여기 형사반과도 함께 일한 적이 있습니다. 마이어 마이어라는 형사님이셨죠. 아직도 계십니까?"

"아직도 있죠." 브라운이 말했다.

내내 침묵을 지키던 카렐라가 입을 열었다. "어떤 건으로 같이 일을 하셨는데?"

"국립저축대부조합The National Savings and Loan Association이하 약칭인 NSLA로 거론된다 강도 사건이었습니다." 크루치가 말했다. "육 년 전에요."

"무슨 자격으로?"

"말씀드렸잖습니까. 전 보험조사원이라고요. 조합이 저희 고객이었습니다." 그는 다시 미소 지었다. "덕분에 한 팀으로 묶여 들어갔던 거지요."

형사들은 다시 침묵했다.

"그래서요?" 브라운이 결국 입을 열었다.

"그래서, 오늘 아침 신문에서 두 시체에 관한 기사를 읽고는 바로 찾아뵙는 게 좋겠다고 생각한 거죠."

"어째서?"

"손을 빌려 드리려고요." 크루치는 미소 지으며 말했다. "아니면 그 반대일 수도 있고."

"살인 사건에 관해 뭔가 아는 게 있다는 겁니까?" 아서 브라운이 말했다.

"넵."

"뭘 아시는데?"

"기사에 따르면 에르바흐의 손에서 사진 조각을 발견하셨다죠." 크러치의 파란 눈이 브라운의 책상 위에 있는 사진 조각 쪽으로 잽싸게 움직였다. "저겁니까?"

"그래서 뭐요?"

"저한테 다른 조각이 있습니다. 그리고 에르바흐의 집을 샅샅이 뒤져 보시면 아마 세 번째 조각도 나올 거고요."

"설명을 하겠다는 거요, 아니면 우리더러 설명하라고 닦달을 해 보라는 거요?"

"설명할 준비는 됐습니다."

"그럼 해 봐요."

"그래야죠. 절 도와주실 겁니까?"

"뭘 하시려고?"

"일단, 에르바흐의 집에서 조각을 찾는 거요."

"그건 왜 찾으시고?"

"한 조각보다야 세 조각이 낫지 않겠습니까?"

"이봐요, 크러치 선생." 브라운이 말했다. "뭔가 할 말이 있으면 그냥 하쇼. 아니면 만나서 반가웠으니까 이만 가서 보험이나 많이 파시고."

"전 보험은 안 팝니다. 보험금 청구가 들어오면 조사를 하죠."

"그렇군. 그럼 조사 잘 하시든가. 말할 거요, 말 거요? 똥을 싸든가 나가든가 하시라고."

크러치는 카렐라를 향해 미소를 지어 보였다. 마치 당신도 저런 저속한 표현은 참 싫지 않으냐는 듯한 미소였다. 카렐라는 미소를 무시했다. 그는 브라운과 의견을 같이했다. 순진한 체하는 제보자는 질색이었다. 건물 2층에 안락하게 자리한 이곳 87분서 형사실에서 크러치가 지금까지 한 일이라고는 시간 낭비뿐이지 않은가. 그것도 그들의 시간을 말이다.

크러치는 두 형사의 인내심이 바닥을 드러내는 것을 감지하고는 말을 이어 나갔다. "그럼 설명해 드리겠습니다."

"해 보쇼." 브라운이 말했다.

"페이드인검은 화면에서 서서히 화면이 밝아지도록 하며 장면을 시작하는 영화 기법." 크러치가 말했다. "육……,"

"뭐요?" 브라운이 물었다.

"영화계 표현입니다. 페이드인이오."

"영화 일도 한 거요?" 브라운은 크러치가 들어선 순간부터 품어 왔던 의혹을 확인하려는 심산이었다.

"아뇨."

"그런데 웬 영화계 표현?"

"'페이드인'은 다들 쓰는데요." 크러치가 설명했다.

"난 '페이드인' 안 쓰는데." 브라운이 대꾸했다.

"알겠습니다. 그럼 페이드인은 빼죠." 크러치는 어깨를 으쓱했다. "때는 육 년 전, 장소는 이 도시, 팔월의 어느 비 오는 날 오후 밝은 대낮에 네 남자가 **NSLA** 컬버 가 영업소를 털고 칠십오만 달러를 가져갔습니다. 배추잎이 상당했죠. 우연히도 그 영업소는 이곳 분서의 관할구역에 있었습니다."

"계속해요." 카렐라가 말했다.

"이제 그 사건 기억나십니까?" 크러치가 물었다. "마이어와 오브라이언이 맡았는데요."

"기억나는군. 계속해 봐요."

"브라운 형사님도 기억나십니까?"

"나지." 브라운이 말했다.

"그러고 보니 형사님 성함은 못 들었군요." 크러치가 카렐라를 돌아보며 말했다.

"카렐라요."

"만나서 반갑습니다. 이탈리아인이십니까?"

"그래요."

"그 일당의 우두머리도 이탈리아인이었죠. 카마인 보나미코라고, 전과가 형사님 팔 길이만큼 긴 놈이었습니다. 그때 당시도 캐슬뷰에서 짤막하게 형기를 치르고 막 나온 참이었죠. 놈은 나오자마자 보호관찰도 안 끝났는데 은행을 털었어요. 이 중에 기억나는 거 있으십니까?"

"전부 다 기억하는데." 카렐라가 말했다.

"지금까지 제가 말씀드린 사실이 정확합니까?"

"정확하군."

"제가 사실관계 하나는 늘 정확하죠." 크러치는 그렇게 말하고 미소를 지었다. 아무도 마주 미소 지어 주지 않았다. "운전대는 제리 스타인이라는 꼬맹이가 잡았습니다. 리버헤드 출신의 유대계 꼬마로, 그런 일은 그날이 처음이었죠. 총잡이 둘은 모두 전과자로, 마제스타 출신의 루 다모르와 역시 리버헤드 출신의 피트 라이언. 흔히들 그렇듯 그 건을 위해 모인 사이였습니다. 놈들은 영업 종료 시각 직전에 들이닥쳐 금고에서 손 닿는 대로 돈을 쓸어 담은 다음 은행원 한 사람을 쏘고 차로 도주했습니다. 아마도 보나미코가 아내와 함께 살고 있던 캄스 포인트 방면으로 가려고 했던 것으로 추정됩니다. 그날은 비가 왔죠. 비가 왔단 말은 했던가요?"

"했소."

"놈들은 리버 가를 탔는데, 캄스 포인트 다리에 거의 이르렀을 무렵 차가 미끄러지면서 다른 차를 들이받아 교통이 마비되고 말았습니다. 삼십육 분서 소속 순찰 경관 두 명이 경찰차를 타고 왔고, 보나미코 일당은 사격을 시작했습니다. 오 분 만에 넷 모두 죽었지요. 가장 큰 미스터리는 놈들이 대체 왜 총을 쐈냐는 겁니다. 차는 깨끗했거든요. 나중에 지붕부터 바닥까지 샅샅이 뒤져 봤지만 은행에서 강탈한 돈은 나오지 않았습니다. 한 푼도요." 크러치는 잠시 말을 멈추었다. "자, 그럼 여기서 디졸브두 화면을 서서히 겹치면서 장면을 전환하는 영화 기법."

브라운이 그를 쳐다보았다.

"트랜스아메리칸 보험사에 연락이 오고 어빙 크러치가 조사에 착수합니다." 그는 싱글벙글했다. "바로 저죠. 결과는? 이 년간의 강도 높은 수사에도 돈의 흔적은 발견되지 않았습니다. 저희는 결국 보험금을 전액 지급해야 했고, 금고에서 칠십오만 달러를 꺼내다 NSLA에 고스란히 바쳤습니다." 크러치는 잠시 말을 멈추었다. "안타까운 일이었죠. 얼마나 안타까운 일이었는지는 말씀드릴 필요도 없을 겁니다."

"얼마나 안타까웠기에?" 브라운이 물었다.

"안타까웠죠. 트랜스아메리칸 보험사에도 안타까운 일이었고, 돈을 찾지 못한 어빙 크러치에게는 특히나 안타까운 일이었습니다. 당시 어빙 크러치는 진급을 앞두고 있었거든요. 그 대신 어빙 크러치는 이제 육 년 전과 똑같은 봉급을 받으면서 소액 지급 건이나 다루는 신세가 되고 말았습니다. 크러치는 야심이 있는 친구입니다. 장래성이 없는 일은 좋아하지 않지요."

"크러치는 직업을 바꾸면 될 텐데?" 카렐라가 제안했다.

"그 바닥이 참 좁아서 칠십오만 달러를 잃어버렸다는 소문은 아주 빨리 퍼지거든요. 더구나 크러치에게는 자기 일에 대한 과도한 자부심도 있고요."

"자기 이야기를 할 때 늘 그렇게 삼인칭을 쓰시오?" 카렐라가 물었다. "자기 전기 작가처럼?"

"그렇게 하면 객관성을 유지하는 데에 도움이 되거든요. 회사 돈 칠십오만 달러를 잃어버린 일에 대해 객관성을 유지하기란 어려운

법이죠. 여러분의 분서에서 해당 사건을 공식적으로 종결했을 경우라면 더더욱 그렇고."

"누가 그럽디까?"

"강도들을 잡으시지 않았습니까?"

"그 사건은 아직 수사 중이오."

"왜죠?"

"우리도 우리 일에 과도한 자부심이 있다고 해 둡시다." 스티브 카렐라가 말했다. "돈은 차에 없었지. 그래요, 리버 가는 은행에서 오 킬로미터가량 떨어져 있고. 그 말인즉 도주로 어디에선가 돈을 넘겨줬단 소리지. 그렇다면 나머지 일당은 아직도 그 돈을 쓰고 싶어 몸이 근질거리는 채로 남아 있단 얘기일 테고. 우린 그놈들을 잡고 싶은 거요."

"관두십쇼."

"무슨 소리요?"

"돈을 넘겨받은 사람 같은 건 없습니다. 다른 일당이 있을지도 모른다는 이유 때문에 미해결로 놔두신 거면 그만두세요. 일당은 넷뿐이었고 모두 죽었습니다."

"확실한 얘기요?"

"네. 보나미코의 처형에게서 들은 겁니다." 크러치는 잠시 말을 멈추었다. "순서대로 말씀드려도 괜찮을까요?"

"아무 순서나 좋을 대로 하시구려." 브라운이 말했다. "얘기만 해 주신다면야."

"좋아요, 디졸브. 크러치는 아직도 잃어버린 돈에 신경이 쓰입니다. 밤잠을 못 이룰 지경이죠. 회사에서는 지급을 마무리했고 그의 미래도 다 결정 났건만, 아직도 신경이 쓰인다 이겁니다. 돈은 어디에 있을까? 누가 갖고 있을까? 분명 보나미코는 천재 범죄자는 아니었지만, 그렇다고 도망치던 차창 밖으로 그만한 현금을 집어던질 정도로 멍청하지도 않았는데. 그럼 대체 어디 있는 걸까? 크러치는 계속 궁금해합니다. 크러치는 밤새 뒤척이며……."

"크러치는 미스터리 소설을 써야겠구려." 카렐라가 말했다.

"……돈을 되찾아 다시 도전자가 되겠다는 생각에 사로잡힙니다."

"도전자?"

"트랜스아메리칸에서요."

"아, 난 또 부업으로 권투도 하시나 했지."

"실은 해군 시절에 권투를 하긴 했습니다. 미들급이었죠." 크러치는 말을 멈추고 잽싸게 형사들을 살피더니 다시 입을 열었다. "두 분, 제가 별로 마음에 들지 않으신가 보군요?"

"우리야 사건에 관해 뭔가 알고 계시는지 아닌지 알 수 없는 민간인께 정보를 간청하는 시민의 공복일 따름이지. 지금도 참을성 있게 기다리는 중이오. 더 오래 기다려야 한다면 형사실에 자리도 하나 내 드려야 될 것 같군."

"형사님 유머 감각이 마음에 듭니다." 크러치는 그렇게 말하며 미소 지었다.

"우리 마누라는 아니라던데." 브라운이 말했다. "아직도 기다리고 있소, 크러치 선생. 기다리다 호호백발 되겠어."

"알겠습니다. 두 달 전, 운이 트였습니다."

"그때까지도 이걸 계속 수사했단 거요?"

"공식적으로는 아니고요. 개인적으로 시간을 낸 거죠. 자부심이 있다고 했잖습니까? 야심도 있고, 끈기도 있고, 미래의 도전자 크러치라 이겁니다. 두 달 전 어느 날 아침 신문을 펴 보았다가 앨리스 보나미코라는 여자가 캄스 포인트의 성심 병원에서 암으로 사망했다는 사실을 알게 됐습니다. 물론 그 여자가 육 년 전 한 은행을 털고 돈을 마술처럼 사라지게 한 카마인 보나미코의 미망인이 아니었더라면 아무에게도 알려지지 않은 채 세상을 떴겠죠. 저는 조사 중에 자주 이야기를 나누었던 터라 그 여자와 아는 사이였습니다. 시칠리아 특유의 착하고 조용하고 예쁘고 가무잡잡한 여인으로, 싸구려 범죄자와 결혼했으리라고는 믿지지 않는 사람이었습니다. 아무튼, 기사에 따르면 루치아 페로글리오라는 언니가 살아 있다고 하더군요. 저는 그 이름을 기억해 두었고, 나중에 그녀도 캄스 포인트에서 홀로 살고 있다는 사실을 알아냈습니다."

"얼마나 나중에?"

"한 주쯤 후였을 겁니다. 앨리스 보나미코의 유언장이 유언심사 법원에 들어오자마자요. 무척 흥미로운 유언장이더군요. 언니인 루치아에게 부동산 일체를 물려준 것 외에도 따로 남긴 물건이 있었는데, 그대로 인용하자면 '고인이 귀중히 여겼던 특정 기념품, 서류, 사진, 그리고 사진 조각들'이었습니다. 저는 즉시 캄스 포인트의 루치아 페로글리오를 만나러 갔죠."

"두 달 전 일이라고?"

"네. 사월 삼일이었습니다. 금요일이오. 루치아 페로글리오는 기억력이 쇠퇴해 가는 일흔 줄에 이른 노인으로 영어를 거의 할 줄 몰랐고 부분적으로 청각 장애까지 있더군요. 귀먹은 여자랑 얘기해 본 적 있으십니까?"

카렐라는 아무 말도 하지 않았다.

"어쨌든, 나는 그녀와 얘기를 나눠 봤습니다. 제부가 동생에게 들어 둔 약소한 생명보험이 있는데 수령인이 루치아 페로글리오로 돼 있으니 보험 수령 조건만 맞으면 천 달러짜리 수표가 지급될 거라고 해 줬죠. 물론 수령 조건은 제가 지어냈고요."

"어떤?"

"실제로 '고인이 귀중히 여겼던 특정 기념품, 서류, 사진, 그리고 사진 조각들'을 소지하고 있음을 회사 측에 밝혀 달라는 거였죠. 귀머거리에 영어도 제대로 못하는 노인네라도 천 달러라는 말은 알아듣는 법입니다. 동생이 남긴 온갖 잡동사니를 하나하나 끈기 있게 뒤져 보았는데, 가족사진, 출생증명서, 심지어 앨리스가 태어날 때 쓰고 나온 태막까지 분홍색 새틴으로 곱게 감싸 뒀더군요. 아시겠지만 태막을 쓰고 나오는 게 행운의 상징이라잖습니까. 아무튼 그 온갖 잡동사니 속에서 제가 찾고 있던 물건이 딱 나왔습니다."

"무슨?"

"명단이오. 아니, 명단의 일부라고 해야 하나. 그리고 사진 조각도요." 크러치는 잠시 뜸을 들였다. "보고 싶으십니까?"

"그래요." 카렐라가 말했다.

크러치는 서류 가방을 열었다. 트랜스아메리칸 보험 청구 양식 다발 위로 하얀 규격 봉투 하나가 놓여 있었다. 크러치는 봉투를 열고 종잇조각을 꺼냈다. 그가 조각을 책상 위에 올려놓자, 두 형사가 바라보았다.

```
Albert Weinberg
Donald Rennie
Eugene E. Ehrb
Alice Bon
Geraldine
Doroth
Rob
```

"카마인 보나미코의 필적입니다." 크러치가 말했다. "제가 자주 봐서 알죠."

"전부 일곱이군." 카렐라가 말했다.

"아니면 더 되거나요." 크러치가 대답했다. "보시다시피 명단이 찢겨 있어서요."

"어쩌다 찢긴 거요?"

"모르겠습니다. 루치아가 제게 줄 때부터 그랬습니다. 우연히 훼손됐을 수도 있고, 누군가 다른 조각을 갖고 있을지도 모르죠. 보나미코가 사진에 한 짓을 생각해 보면 가능성 있는 얘깁니다."

"사진도 봅시다."

크러치는 다시 봉투에 손을 넣었다. 그는 반들반들한 사진 조각을 꺼내어 책상 위, 형사들이 에르바흐의 손에서 찾아낸 사진 조각 옆에 내려놓았다.

"이것들이 같은 사진에서 나온 조각이라는 건 어떻게 안 거요?" 카렐라가 물었다.

"둘 다 지그소 퍼즐처럼 잘려 있잖습니까. 우연일 리가 없죠. 형사님들께서 찾으신 조각이 보나미코가 쓴 명단에 있는 사람의 손에서 나왔다는 것도 우연일 리가 없고. 게다가 죽은 또 한 사람까지 명단에 있고요." 크러치는 잠시 머뭇거렸다. "에르바흐의 도둑질 솜씨가 저보다 더 나았던 거죠. 저는 지난 두 달 동안 레닝거의 집을 열두 번쯤 드나들었지만 아무것도 못 찾았거든요."

"지금 무단 침입을 시인하는 거요, 크러치 선생?"

"변호사를 불러야 할까요?" 어빙 크러치는 그렇게 묻고는 씨익 웃었다.

"그럼 에르바흐의 집도 뒤져 봤소?"

"그랬죠. 아무것도 못 찾았습니다. 녀석의 조각도 아마 레닝거의 것만큼이나 꽁꽁 숨겨져 있겠죠."

카렐라는 다시 명단을 바라보았다. "앨버트 와인버그는 누구요?"

"스타인의 친한 친구입니다. 제리 스타인, 도주용 차량을 운전했다는 꼬마 말입니다. 슬슬 이해가 가십니까?"

"별로 안 가는데."

"와인버그는 소속 없이 일하는 놈입니다. 혹시 모르실까 봐 말씀드리자면 다른 둘도 마찬가지고요."

"어느 다른 둘?"

"레닝거와 에르바흐 말입니다. 레닝거는 팔 년 전에 마약 밀매로 체포됐죠. 은행털이 사건이 터졌을 당시에는 카라무어에 있었고, 출옥한 지 이 년밖에 안 됐습니다. 에르바흐는 절도죄로 두 번 체포돼서 한 번만 더 걸렸더라면 영영 못 나왔을 겁니다. 녀석이 얼마나 큰 위험을 무릅썼던 건지 새삼 와 닿지 않으십니까? 대체 뭘 위해서 세 번째로 잡힐 각오까지 했던 걸까요? 저 사진에 뭔가 의미가 있지 않은 다음에야 레닝거의 집에 침입했던 건 머저리 짓이었다고밖에 할 수 없어요."

"당신이 정보과보다 낫군." 브라운이 말했다. "확실한 얘기기만 하다면야."

"이미 말씀드렸습니다만." 크러치는 미소를 지어 보였다. "제가 사실관계는 늘 정확합니다."

"명단에 있는 다른 이름은?"

"전화번호부를 백 번은 뒤졌죠. 세상에 제럴딘이 얼마나 많은지 아십니까? 말을 마세요. 도로시야 어느 집안에나 다 있는 게 도로시고요. 게다가 로오옵? 그게 로버트일지, 로버타일지, 로빈일지,

아니면 로베스피에르일지 누가 알겠습니까? '레닝거'야 철자가 거의 다 있으니까 쉽게 찾았죠. '에르바흐'를 발견한 건 '유진 E.' 덕분이었고요. 둘 다 아이솔라 전화번호부에 등록돼 있더군요. 앨리스는 물론 앨리스 보나미코일 테고. 하지만 그 외에는 누군지, 또 일곱 명 외에 더 있는지는 모르겠습니다. 없길 바라야죠. 퍼즐이 일곱 조각만 돼도 이미 많은데."

"그래서, 이 퍼즐을 다 모으면 그다음엔 어떻게 되는 거요?"

"퍼즐을 다 모으면, 육 년 전 NSLA에서 훔친 칠십오만 달러의 정확한 위치를 알게 되는 거죠."

"그건 또 어찌 알고?"

"루치아 페로글리오가 말해 줬습니다. 아, 물론 그 얘길 끌어내는 데 애 좀 먹었죠. 말씀드렸듯이 기억력도 감퇴하고 있는 데다 반쯤 귀머거리고 영어 실력도 맘마 미아 수준이니까요. 하지만 결국에는 동생한테서 보물의 위치가 사진에 담겨 있다는 말을 들었던 적이 있다고 하더군요. 정확히 그런 표현을 썼어요. 보물."

"그 얘길 영어로 했다고?" 카렐라가 물었다. "'보물'이라고?"

"아뇨, 테소로라고 했습니다. 이탈리아어죠."

"그냥 당신을 '달링'이라고 부르려고 했던 건 아닐까."

"그럴 것 같진 않군요."

"이탈리아어도 할 줄 아시는 게로군?"

"여자 친구가 가르쳐 줬습니다. 테소로. 보물."

"그래서 이제 두 조각이군." 브라운이 말했다. "우리한테 바라는 게 뭐요?"

"다른 다섯 조각을 찾는 걸 도와주십시오. 다섯 조각 이상일지도 모르고." 크러치는 미소 지었다. "얼굴이 너무 팔려서 말입니다. 결국에는 레닝거와 에르바흐 둘 다 제가 쫓고 있다는 걸 알았어요. 에르바흐가 절 미행하다가 레닝거를 만나게 된 거라고 해도 전혀 놀랍지 않을 정도죠."

"상당히 복잡한 얘기처럼 들리는데, 크러치 선생."

"실제로 복잡합니다. 분명 와인버그도 제가 지켜보고 있다는 걸 알 겁니다. 그리고 솔직히 절도죄로 체포당할 위험을 감수하고 싶지도 않고요. 계속 남의 집에 침입하다 보면 걸릴지도 모르잖습니까." 그는 다시 미소를 지었다. 변함없이 눈부신 미소였다.

"그래서 그쪽 대신에 우리더러 침입해 달라고?"

"전례도 있잖습니까."

"경찰이라고 해도 그건 위법이라고."

"세상에 위법인 게 한둘입니까. 칠십오만 달러가 걸린 일이잖습니까. 팔십칠 분서에서도 그 돈 찾아서 나쁠 거 없을 텐데요. 오래전 사건이지만 그래도 상당한 명예가 될 텐데."

"그야, 그럴지도 모르지." 카렐라가 말했다.

"그럼 하시죠." 크러치가 가볍게 말했다.

"뭘 하자는 거요?" 브라운이 물었다.

"우선 에르바흐의 집을 샅샅이 뒤져야죠. 두 분에겐 합법적인 일이잖습니까. 놈은 살인 사건 피해자고, 두 분은 수사를 지휘하고 계시고."

"좋아, 그럼 우리가 에르바흐의 집을 뒤진다고 치면."

"네, 그렇게 해서 세 번째 사진 조각을 찾는 거죠."

"그랬다 치고, 그다음엔?"

"그런 다음엔 와인버그를 쫓으셔야죠."

"어떻게? 무슨 법적 근거로 말이오, 크러치?"

"근거야 없죠. 어차피 경찰 신분으로 접근하는 건 불가능해요. 와인버그는 전에도 문제를 일으킨 적이 있어서 경찰에게는 협조하지 않을 겁니다."

"무슨 문제?"

"폭행이오. 어떤 여자를 주먹으로 때려서 초주검을 만들어 놨죠. 덩치가 산만 한 게 적어도 백십 킬로그램은 될 겁니다. 정말이지 인상 한 번만 써도 두 분 중 한 분은 박살이 나실걸요." 크러치는 잠시 말을 멈추었다. "어때요?"

"해 볼 만한 것 같은데." 카렐라가 말했다.

"우선 반장님과 얘기 좀 해 보고."

"그래요, 얘기해 보세요. 아마 그 은행 돈을 찾으면 얼마나 좋을지 잘 이해하실 겁니다." 크러치는 다시 미소 지었다. "그동안 명단과 사진은 두 분께 맡기겠습니다."

"당신은 필요 없소?"

"복사본이 있습니다."

"그렇게 똑똑하신 분이 어쩌다 우리 도움을 빌리게 되셨나그래?"

카렐라가 물었다.

"그렇게 똑똑하진 않습니다." 크러치는 지갑에서 명함을 꺼내 책상 위에 올려놓았다. "제 집 전화번호입니다. 트랜스아메리칸으로는 전화하지 말아 주세요. 결정 나면 연락 부탁드립니다."

"그럽시다." 카렐라가 말했다.

"고맙습니다." 어빙 크러치는 브라운에게 손을 내밀었다. "브라운 형사님." 그는 그런 다음 다시 카렐라에게도 악수를 청했다. "카렐라 형사님." 그러고는 눈부신 미소를 지어 보이며 형사실 밖으로 나갔다.

"어떻게 생각해?" 브라운이 말했다.

"모르겠어. 자넨 어떻게 생각하는데?" 카렐라가 말했다.

"모르겠어. 반장님 생각은 어떠신지 보자고."

3

번스 경위는 명단을 바라본 다음 다시 두 사진 조각 쪽으로 주의를 돌렸다.

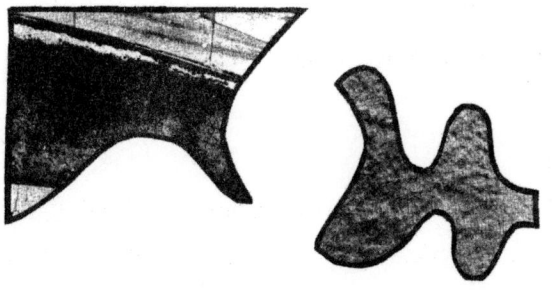

"같은 사진에서 나온 조각인 것 같지도 않은데." 번스가 투덜거렸다.

두 형사가 번갈아 가면서 크러치의 이야기를 이어 나가는 동안, 번스는 머리를 살짝 젖힌 채 푸른 눈으로 카렐라와 브라운 사이를 오가면서 귀를 기울였다. 그는 몸이 떡 벌어진 사내로, 두꺼운 손등에는 검버섯이 여기저기 퍼져 있었다. 머리는 하얗게 세어 가는 중이었고 뒤통수는 머리가 벗어질락 말락 하고 있었다. 그러나 그에게는 어딘가 힘을 억누르고 있는 듯한 분위기가 있어서 지금처럼 사무직으로 진급하기 전에는 수많은 불한당들의 코를 부러뜨리고 다녔으리라는 것을 쉬이 확신할 수 있었다. 그는 성마른 태도로 다시 사진 조각을 바라보다 각각을 뒤집어 보는가 하면 맞춰 보려고 애쓰다가, 이내 포기했다.

"웬 녀석이 이야기를 들고 찾아왔다 이거지. 그래서 우리더러 어쩌라고? 다른 거 다 집어치우고 보물찾기라도 해?"

"그 친구 얘기가 맞을 가능성도 있잖습니까." 카렐라가 말했다.

"내가 보기엔 상당히 얄팍한 가능성이야. 녀석이 어디서 이 이야기를 들었다고? 영어도 제대로 할 줄 모르는 할머니에게서 들었다고 했지?"

"네."

"하지만 이탈리아어로 해 줬다던데요." 브라운이 말했다. "일 트레소로가 어디에 묻혀 있는지 사진에 나와 있다고 했답니다."

"일 테소로." 카렐라가 정정했다.

"뭐라고 했다고? 묻혀 있어?"

"아뇨. 그건 아니고요. 숨겨져 있다고 했던 것 같습니다. 뭐라고 했지, 스티브?"

"그냥 보물이 있는 곳이 사진에 나와 있다고만 했던 것 같습니다. 그렇게만 말했어요."

"묻혀 있다고 한 건 아니고?"

"아닐 겁니다."

"이런 일에 사람을 붙이긴 싫은데……." 번스는 고개를 내저었다. "우리가 달리 할 일이 없는 것도 아니잖나."

형사들은 침묵했다.

"우리가 에르바흐의 집을 수색한다고 쳐. 그래서 세 번째 사진 조각을 정말 찾아낸다고 해 보자고. 그럼 어떻게 되는 건가?"

"크러치의 이야기가 좀 더 그럴듯해지겠죠." 카렐라가 말했다.

"그래, 하지만 거기서부터는 어떻게 하지?" 번스가 물었다. "자네들에게 맡길 용의는 있네……. 좋아, 아무것도 못 찾으면 하루 낭비한 셈 치지. 하지만 뭔가를 정말 찾아내면 그때는 어쩔 건가? 그 친구…… 이름이 뭐랬지?" 번스는 다시 명단을 살펴보았다. "와인버그. 앨버트 와인버그. 논리적으로 보자면 다음 순서는 이놈이지. 하지만 크러치 말로는 폭행 전과도 있다고 하니 경찰 냄새를 맡는 데에는 귀신일 거야. 그러니 놈에게 누구를 붙이든 위장을 해야 할 테고 접선과 지원을 맡을 보조도 붙여 줘야 해. 그러면 둘이 빠진다는 얘기지. 이게 다 부질없는 짓인지도 모르는데 말이야." 그는 다시 고개를 내저었다. "모르겠군." 그는 사진 조각을 내려다보다가 다시 고개를 들어 카렐라를 바라보았다. "자네가 맡고 있는 사건이 얼마나 되지, 스티브?"

"세탁소털이와 에인슬리 가 퍽치기 건이 있습니다……. 지난 두 주 동안 동일한 수법으로 여섯 건입니다. 또 십칠 번가 중학교를 상대로 하던 마약상에 관한 단서도 확인해야 하고요. 그리고 이번 달에 재판이 두 건 있습니다. 화요일에는 법정에 가 봐야 합니다."

"자넨 어때, 아티?"

"아, 말씀 안 드린 게 있는데……." 카렐라가 말했다.

"뭐?"

"스모크 라이즈에서 절도가 몇 건 있었습니다. 그 동네에 지방법원 판사의 누나가 살고 있어서 불평이 이만저만이 아닙니다."

"그럼 그 판사 놈더러 잡으라고 해." 번스가 냉담하게 대꾸했다.

"아티?"

"뺑소니 하나, 보석상털이 하나, 상해 건 하나요. 내일은 상해 건 때문에 법정에 가 봐야 합니다. 재판은 금방 끝날 겁니다. 웬 놈이랑 침대에 있는 마누라를 본 남편이 마누라를 찌른 건이라서요."

"자네, 이 와인버그라는 놈 쑤셔 볼 생각 있나? 우리가 에르바흐의 아파트에서 뭐라도 발견한다는 전제하에서 말이야."

"그럼요." 브라운이 말했다.

"와인버그는 우리 관할에 사나? 자네가 경찰인 걸 놈이 알아보지는 않을까?"

"모르겠습니다."

"그놈 주소가 있는지 정보과에 확인해 봐."

"네."

"어디에서, 어느 도시에서 활동했는지도 알아보고 거기에 맞춰 위장하는 게 좋을 거야. 너무 거창한 건 하지 마, 아티. 시카고에서 온 갱단 총잡이라거나 그런 건 하지 말라고. 놈한테 연줄이라도 있으면 확인해 보는 건 간단할 테니까. 숫자맞히기 도박 수금원이랄지 조무래기 마약상이랄지, 하여간 별 볼 일 없는 놈인 척하라고. 어쩌다가 사진 조각이 손에 들어왔고, 와인버그가 다른 조각을 갖고 있을 것 같으니까 같이 해 보자. 뭐 그런 정도로 간단하게 해."

"네."

"스티브, 자넨 이번 스컹크 몰이에서 외부 연락책을 맡아 주게."

"그러죠."

"접선지를 마련하고 자네들 사이의 접촉은 최소한으로 줄여. 이 와인버그라는 녀석, 만만하게 볼 상대는 아닌 것 같으니까 말이야. 그리고 이 건에 너무 열 내지는 말자고, 알았나? 살살 하잔 말이야. 에르바흐의 집에서 아무것도 안 나오면 그걸로 끝, 맡고 있는 일로 돌아와. 혹시라도 뭐가 나온다면 와인버그 쪽으로 가서 일단 하루 이틀 지켜보게. 놈이 사진 조각을 갖고 있을 것 같으면 그때 따라붙고. 아니다 싶으면 크러치에게 정보 고마웠다고 말해 주고 전부 집어치우는 거야." 그는 고개를 들어 두 사람을 쳐다보았다. "더 할 말 있나?"

"한 가지만 더요." 카렐라가 말했다. "정보과에서 몇 분 전에 연락이 왔는데, 죽은 녀석들에 관해서 크러치가 한 이야기는 전부 사실이라고 합니다."

"그래서?"

"그러니까 어쩌면 우리가 에르바흐의 아파트에서 뭔가 찾게 될 거라는 얘기도 맞을지 모른다는 거죠."

"어쩌면." 번스가 말했다.

아파트를 보니 유진 에드워드 에르바흐는 상당히 성공적인 빈집털이였던 모양이다. 물론 이미 절도죄로 두 번이나 걸린 적이 있으니 어느 모로 보든 간에 성공적인 빈집털이라고 하기는 어렵지 않겠냐고 반문할 수는 있으리라. 하지만 에르바흐가 실버마인 오발 근처의 호화 아파트에서 살았다는 사실만은 변치 않았다. 아파트를 수색한 두 형사의 봉급으로는 이 비슷한 집을 구하는 것조차 어림없는 일이었다.

도어맨은 두 사람을 달가워하지 않았다.

그는 건물을 드나드는 모든 외부인을 확인하라고 고용된 사람이었다. 비 오는 밤이면 겸사겸사 입주자들을 위해 택시를 잡아 주는 일도 하기는 했지만 그의 주된 업무는 입주자들이 엘리베이터에서 목 졸려 죽는 것을 방지하는 것이었다. 두 외부인이 87분서 형사라는 신분을 밝혔다 한들 달라질 건 없었다. 도어맨에게 형사란 교살자나 빈집털이와 다를 바 없는 존재였다. 물론 그로서는 유진 에드워드 에르바흐가 빈집털이였다는, 그것도 의심의 여지 없이 대단히 성공적인 빈집털이였다는 사실을 알 리 없었다. 그는 건물 관리인에게 확인해 봐야겠다며 살인 사건을 수사 중이라는 형사들의 말에도 아랑곳하지 않은 채 꿋꿋하게 전화를 걸었다. 그는 전화를 내려놓은 다음 이렇게 말했다. "들어가셔도 괜찮은데 방을 어지르지는 마십쇼." 형사들은 정확히 그러려고 온 참이었다.

에르바흐는 건물 10층 복도 맨 끝의 아파트에 살았다. 10층에는 아파트가 세 가구 더 있었다. 하브 강을 바라보는 위치에 있는 걸 보니 에르바흐의 아파트는 그중에서도 특히 고급이었다. 아이솔라 시 옆으로는 북쪽으로 하브 강, 남쪽으로 딕스 강, 그렇게 두 개의 강이 지나고 있었다. 둘 중 어느 쪽이든 강이 보이는 곳에 자리한 아파트는 무척 인기가 높았다. 하브 강 건너편으로 보이는 옆 주(州)의 풍경이라고 해 봐야 거대한 주택단지와 놀이공원의 롤러코스터뿐이었고, 딕스 강 쪽 역시 강 한가운데에 있는 섬에 자리한 음울한 잿빛 병원과 캄스 포인트, 샌즈 스팟을 향해 삐죽삐죽 솟아난 다리들, 그리고 데블즈 코즈웨이 너머 다른 섬에 있는 구치소뿐이었지만 말이다. 에르바흐의 거실 창문에서는(롤러코스터와 주택단지와 '활력'이라고 적힌 간판이 집요하게 깜빡거리는 모습 외에도) 시 외곽에 있는 해밀턴 다리까지 한눈에 들어왔다.

카렐라와 브라운은 도어맨이 준 마스터키로 아파트 문을 연 다음 카펫이 깔린 현관으로 들어섰다. 문 맞은편 벽에 걸린 금테를 두른 거울에 비친 두 사람의 상이 그들을 보고 있었다. 거울 바로 아래에는 길고 좁은 탁자 하나가 벽에 붙어 서 있었다. 아파트는 현관 좌우로 드넓게 펼쳐졌다. 둘은 아파트를 대강 둘러보고는 거실,

부엌, 서재, 침실까지 총 네 개의 방이 있음을 확인했다. 현관에서 약간 떨어진 곳에 작은 화장실이 하나 있었고 침실 곁에도 화장실이 따로 있었다. 이만하면 실로 근사한 집이었다. 아파트를 반으로 나누어 카렐라가 현관, 작은 화장실, 부엌, 서재를, 브라운은 침실, 거실, 두 번째 화장실을 맡았다. 둘은 철거반과도 같은 전문 기술과 냉정함을 총동원하여 어빙 크러치가 틀림없이 에르바흐에게 있을 거라고 말했던 사진 조각을 찾아 나섰다. 그게 정오의 일이었다. 자정이 되었을 때도 둘은 여전히 찾는 중이었다.

오후 2시에는 카렐라가, 오후 7시에는 브라운이, 그렇게 두 번 샌드위치와 커피를 사러 내려갔다. 권한이 없는 탓에 매트리스와 천을 씌운 가구를 찢어 보지 못한 걸 제외하면 실로 철저하고 꼼꼼한 작업이었지만 아무것도 찾지 못했다. 둘은 이제 녹초가 되어 거실에 앉아 있었다. 브라운은 스탠드 근처의 안락의자에 앉았고, 카렐라는 피아노 의자에 걸터앉았다. 램프의 따스하고 아늑한 불빛이 바닥을 완전히 덮은 이끼 색 카펫 위를 비추고 있었다.

"들어내 봐야 하려나." 브라운이 말했다.

"뭘 들어내?" 카렐라가 물었다.

"카펫."

"일이 커질 텐데."

"이런 걸 깔려면 말이야, 카펫용 압정이 튀어나와 있는 나뭇조각을 쓰지. 그걸 바닥 사방에 박은 다음 그 위에다 카펫을 거는 거야. 그런 작업 본 적 있어?"

"응." 카렐라가 말했다.

"자네 집도 바닥 전체를 카펫으로 덮은 거야?" 브라운이 물었다.

"아니."

"나도 아냐. 에르바흐 같은 도둑놈은 바닥을 전부 카펫으로 까는데 나는 거실에 세 평짜리 카펫이 다야. 어떻게 생각해?"

"우린 직업을 잘못 선택했나 봐." 카렐라가 말했다. "이 책들은 다 확인한 거야?"

"낱장 하나까지."

"스위치판은? 나사 풀어서 봤어?"

"그럼."

"뒤에다 스카치테이프로 붙여 놓은 것도 없고?"

"없어."

카렐라는 스탠드를 흘끗 보았다. "저 갓은 벗겨 봤나?"

"응, 꽝이야. 어차피 불도 켜 놨으니 뭐가 있다면 보였겠지."

"하긴 그래."

"변기 수조에 든 공은?" 브라운이 물었다. "그거 안은 비어 있잖아. 혹시 거기다가……."

"열어 봤어." 카렐라가 말했다. "아무것도 없더라고."

"정말 이 망할 놈의 카펫을 들어내야 할지도 모르겠군." 브라운이 말했다.

"그러다 여기서 밤새운다." 카렐라가 말했다. "그거 하려면 내일 사람 부르는 게 더 나아. 피아노 속은 봤어?"

"응, 피아노 의자도."

"침실에 있는 알람용 라디오는?"

"나사 풀어서 봤어. 아무것도 없더군. 서재에 있는 텔레비전은?"

"마찬가지야." 카렐라가 미소 지었다. "우리 아들놈이 장난감 잃어버렸을 때 하는 걸 해 봐야 하려나."

"어쩌는데?"

"일단 이렇게 말해. '아빠가 소방차라면 아빠는 어디에 있을까?'"

"좋아, 자네가 사진이라면 자넨 어디에 있을까?"

"앨범에." 카렐라가 말했다.

"여기서 사진 앨범 본 적 있어?"

"아니."

"그럼 또 어디에 있을까?"

"우리가 찾는 건 아마 이만하겠지." 카렐라는 엄지와 검지를 말아서 5센티미터 너비의 C 자 모양을 만들어 보였다. "더 작을 수도 있고. 어디에든 숨겼을 수 있어."

"음흠." 브라운이 고개를 끄덕였다. "어디에?"

"부엌에 있는 시리얼 상자 안은 봤어?"

"전부 다. 콘플레이크를 좋아했나 보더라고."

"정말 카펫 아래에 있을지도." 카렐라가 말했다.

"자네라면 카펫 아래에 넣겠어?"

"아니. 확인하기 너무 번거로워."

"나도 그렇게 생각해. 사진이 있는지 확인하고 싶을 때마다 가구를 옮기고 카펫 전체를 들어내야 하니까."

"그럼 자네라면 어디 있겠어?" 카렐라가 말했다.

"집에서 자고 있겠지." 브라운이 대답했다.

"좋아, 그럼 자네라면 어디에 없겠어?"

"날 찾으러 온 두 경찰의 눈에 잘 띄는 곳에는 없겠지."

"잘 띄지 않는다는 거 하나는 더럽게 확실하군." 스티브 카렐라가 말했다.

"하지만 어쩌면 코앞에 있는데도 못 찾는 것일 수도 있어." 브라운이 말했다. "불을 좀 더 비춰 봐야 할지도." 그는 안락의자에서 일어나 무겁게 한숨을 내쉬고는 피아노를 향해 걸어갔다. 옹이 무늬가 있는 호두색 피아노 뚜껑 위에는 황동 받침이 달린 램프가 서 있었다. 브라운은 램프를 켰다. "자, 어때?"

"그대가 더 잘 보이기는 하는구려." 카렐라가 말했다.

"좀 더 돌아볼까, 내일 아침에 다시 와서 카펫을 들어낼까?"

"한 바퀴만 더 돌지." 카렐라는 피아노 의자에서 일어나 방 한가운데로 걸어가 주변을 둘러보고는 입을 열었다. "도대체 어디 있는 거야?"

"말아서 담배 같은 데에다 쑤셔 넣은 건 아닐까?" 아서 브라운이 물었다.

"안 될 거 있나. 담배 상자는 확인해 봤어?"

"안은 살펴봤지만 담배를 쪼개 보지는 않았어."

"해 보라고." 카렐라가 말했다. "운이 따를지도 모르지." 그는 스탠드로 걸어가 갓의 나사를 풀기 시작했다.

"그건 해 봤다니까." 브라운이 말했다.

"참, 그랬지. 내가 슬슬 정신이 없네." 카렐라는 램프 안을 내려다보았다. "전구 하나가 나갔군." 그러고는 방을 가로질러 브라운이 엄지손톱으로 담배를 쪼개고 있는 곁으로 다가갔다.

"도둑놈이라고 해서 전구까지 훔쳐 온다는 법은 없으니까."

"그야 그렇지." 카렐라가 말했다. "여긴 어때?"

"엄지가 암에 걸리겠어." 브라운이 말했다.

그는 카렐라를 올려다보았다. 두 사람의 눈이 마주친 순간 이해의 빛이 번개처럼 둘 사이를 뛰어넘어 두 사람의 얼굴에 동시에 번뜩였다.

"그거야!" 카렐라는 다시 스탠드 쪽으로 다가갔다.

"자네도 나랑 똑같은 생각 하고 있나?" 브라운이 카렐라 뒤를 즉시 쫓으며 말했다.

"생각하다 뿐인가." 카렐라가 말했다.

램프 안에는 전구가 셋 있었다. 둘은 빛을 내고 있었지만 세 번째 전구는 꺼져 있었다. 카렐라는 갓 위쪽의 트인 부분으로 손을 뻗어 불이 꺼진 전구를 돌렸다.

"그것 참, 감전사하기 전에 이 망할 것의 코드 좀 뽑아 봐."

"머리에 불이 들어온다는 표현이 왜 있나 했더니." 브라운은 플러그를 뽑았다. 카렐라가 전구를 빼낸 소켓 속으로 엄지와 검지를 넣었다. 그것은 깔끔하게 반으로 두 번 접힌 채 전구 아래의 소켓 바닥에 숨어 있었다. 크러치가 찾게 될 거라고 장담했던 그 사진 조각이었다.

4

범죄정보감식과는 시내 중심가의 본청에 있었다. 하루 24시간 운영제로, 그 유일한 목적은 범죄자에 관한 모든 정보를 수집하고, 엮고, 목록화하는 것이었다. 정보과에서는 지문 파일, 범죄 색인 파일, 현상 수배 파일, 성도착자 파일, 가석방자 파일, 출소자 파일, 도박꾼, 강간범, 펀치기 기타 등등 온갖 것에 관한 파일을 관리하고 있었다. 범행 수법 파일에 담긴 범죄자 사진만 하더라도 10만 장이 넘었다. 더구나 법률에 따르면 기소되거나 형을 선고받은 사람은 모두 사진을 찍고 지문을 채취하도록 돼 있기 때문에 파일은 계속해서 두꺼워졌고 계속해서 최신 정보를 더해 나갔다. 정보과에서 받아 분류하는 필름의 수는 연간 약 20만 6천 장에 달했고, 전국 경찰서에서 들어오는 범죄 기록 조회 청구는 25만 건이 넘었다. 아서 브라운이 요청한 앨버트 와인버그에 관한 기록 또한 그중 하나였다. 브라운이 금요일 아침에 출근했을 때 정보과에서 보낸 꾸러미가 책상 위에서 그를 기다리고 있었다.

크러치의 믿음직한 보고대로 와인버그는 몇 해 전 체포된 적이 있었다. 노란 보고서에 함께 딸려 온 첨부 자료에 따르면 그는 바에서 주먹질을 시작했다가—별다른 이유 없이— 별안간 바 끝의 스툴에 앉아 있던 한 노파를 폭행하여 인사불성으로 만들고는 지갑에서 17달러 84센트를 꺼내 갔다고 한다. 그는 모든 혐의에 관해 유죄를 인정했으며 주 북부의 캐슬뷰 교도소에서 형을 살고 2년 후 석방되었다. 그 후로는 문제를 일으킨 적이 없었다.

브라운은 자료를 주의 깊게 살펴보다가 형사실 벽의 시계를 흘끗 올려다보고는 슬슬 엉덩이를 일으켜 형사 법원으로 가야겠다고 생각했다. 그는 카렐라에게 행선지를 밝히고 저녁때쯤에 앨버트 와인버그와 접촉해 보겠다고 알리고 형사실을 떠났다. 브라운은 시내로 가는 내내 스냅사진에 관해 생각했다. 이제 총 세 조각이다. 죽은 에르바흐가 손에 움켜쥐고 있던 춤추는 여자 비슷하게 생긴 조각. 어빙 크러치가 자발적으로 형사실에 넘긴, 분명 전체 사진의 귀퉁이 부분에 해당되는 조각. 그리고 에르바흐의 스탠드에 숨겨져 있던 술 취한 아메바처럼 생긴 조각. 그는 재판 내내 그 조각들에 관해 생각했다.

증언은 상대적으로 간단했다. 브라운은 지방 검사보에게 체포 시각, 피고 마이클 로이드가 자기 집 부엌에서 피 묻은 빵칼을 손에 든 채 앉아 있었노라고 설명했다. 그의 아내는 어깨를 찔린 채 침실에 있었다. 그녀의 정부는 어디에도 보이지 않았다. 신발과 양말을 남겨 둔 걸 보아하니 급히 나간 모양이었다. 브라운은 피고 마이클 로이드가 체포에 저항하지 않았으며 자신을 체포하는 경관에게 자신이 아내를 죽이려고 했고 그 쌍년이 죽었으면 좋겠다고 말한 바 있음을 증언했다. 그의 발언과 그가 들고 있던 피 묻은 칼이라는 증거, 그리고 침실에 있던 부상당한 여인 때문에 그는 살인 미수로 기소됐다. 반대신문 때 변호인은 로이드가 체포 당시 '했다는' 발언에 관해 많은 질문을 던졌고, 죄수가 자신의 권리를 적절히 고지받았는지 알고 싶어 했다. 이에 브라운은 모든 것이 미란다 에스코베도 원칙에 따라 이루어졌음을 증언했고, 지방 검사는 추가 심문 없이 그를 내려보냈다. 다음 증인으로 로이드가 자신의 아내를 죽이고 싶다고 발언했던 당시 아파트에 있었던 순찰 경관을 요청했다. 브라운은 오후 3시에 형사 법원 건물을 나섰다.

오후 6시, 브라운은 **R&R**이라는 식당 전면 유리창 근처 식탁에 앉아 있었고, 다름 아닌 앨버트 와인버그 본인이 식당 밖 거리에서 자신을 관찰하고 있음을 깨달았다. 와인버그는 크러치가 묘사했던 것보다 컸고, 물론 정보과에서 보낸 상반신 사진으로 봤던 것보다도 컸다. 최소한 브라운만 한 키에 몸무게는 더 나갔으며 장대한 어깨와 강인한 팔뚝, 술통 같은 가슴과 큼지막한 손을 가진 그는 유리창 앞을 네 번이나 오가더니 마침내 식당 안으로 들어섰다. 격자무늬 긴소매 셔츠를 입고 있었고 소매는 굵은 손목 위로 말아 올린 채였다. 붉은 기가 도는 금발은 곱슬곱슬하고 길었으며 녹색 눈의 순박한 얼굴이 자신의 몸이 발산하는 흉포한 힘 같은 건 알지 못한다는 인상을 부여해 주고 있었다. 와인버그는 힘이 아주 센 사람들이 대체로 그렇듯 자신감 넘치는 걸음걸이로 곧장 브라운의 식탁을 향해 다가와 그를 내려다보고 불쑥 말했다. "당신 짭새 같은데."

"자네도." 브라운이 대꾸했다.

"아니란 걸 내가 어떻게 알지?"

"자네가 아니라는 건 내가 어떻게 아는데?" 브라운이 말했다. "일단 앉지그래?"

"그러지." 와인버그가 대답했다. 그는 의자를 꺼내 자세를 잡고 앉은 다음 비좁은 모퉁이에 불도저를 몰아넣는 듯한 모습으로 등을 기대고는 거대한 손을 식탁 위에 포개 놓았다. "이야기를 다시 들어볼까."

"처음부터?"

"처음부터." 와인버그가 고개를 끄덕였다. "우선, 이름."

"아티 스토크스. 솔트레이크 시 출신이지. 거기 가 봤나?"

"아니."

"좋은 도시야." 브라운이 말했다. "스키는 타나? 앨타는 스키 타기에 참 좋지."

"올림픽 얘기나 하자고 부른 건가?" 와인버그가 말했다.

"스키 타는 친구인가 해서." 브라운이 대꾸했다.

"자네는?"

"스키장에서 검둥이 본 적 있나?"

"난 스키장에는 한 번도 안 가 봐서."

"그래도 무슨 말인지는 알겠지."

"난 아직도 자네 얘길 기다리고 있어, 스토크스."

"이미 전화로 다 했는데."

"다시 해 봐."

"왜?"

"통화 상태가 안 좋았다고 치자고."

"알았어." 브라운은 한숨을 내쉬었다. "몇 주 전, 솔트레이크의 어떤 사내에게서 사진 조각 하나랑 이름 두 개를 샀어. 전부 해서 이천을 썼지. 내게 그걸 판 녀석은 유타 주립 교도소에서 막 나온 참이라 현금이 궁했거든."

"그놈 이름은?"

"대니 퍼스. 무장 강도로 팔 년 살고 사월에 나왔는데 다음 건 준비하느라 돈이 필요하다더군. 그래서 자기가 갖고 있던 걸 팔기로 한 거야."

"뭘 갖고 있었는데?"

"방금 말했잖아. 이름 두 개랑 스냅사진 한 조각이라고."

"거기다가 이천을 썼다고?"

"바로 그거야."

"왜?"

"왜냐면 사진을 전부 맞추기만 하면 칠십오만 달러가 생길 거라고 퍼스가 그랬거든."

"그랬단 말이지?"

"그렇게 말했어."

"그 참에 자네한테 아예 캄스 포인트 다리까지 안 팔아먹은 게 용하군."

"이건 캄스 포인트 다리가 아니야, 와인버그. 자네도 알잖아."

와인버그는 잠시 침묵했다. 그는 움켜쥔 손을 내려다보기만 했다. 그러다가 눈을 들어 브라운을 마주 보고 말했다. "자네에게 스냅사진 조각이 있다 이거지?"

"그렇지."

"나는 두 이름 중 하나였고?"

"그렇지."

"이름 둘이 누구였는데?"

"하나는 자네였어."

"다른 하나는?"

"우리가 거래를 하게 되면 말해 주지."

"그럼 그 이름들이 뜻하는 건?"

"다른 사진 조각을 갖고 있는 두 사람의 이름이겠지."

"그리고 내가 그중 하나다?"

"그렇지."

"돌았군." 와인버그가 말했다.

"거의 다 전화로 했던 얘기잖아." 브라운이 말했다. "내가 돌았다고 생각했으면 여긴 왜 온 건데?"

와인버그는 다시 상대방을 뜯어보았다. 그는 포갰던 손을 펴고 주머니 속의 담뱃갑에서 담배를 꺼내어 한 개비를 브라운에게 권한 다음 자신과 브라운의 담배에 불을 붙였다. 그는 길게 연기를 뿜어 내고 의자에 기댄 다음 입을 열었다. "자네 친구 대니 퍼스가 사진을 다 모으면 어떻게 칠십오만 달러를 얻게 되는지도 말해 줬나?"

"해 줬지."

"어떻게?"

"와인버그…… 이 사진이 카마인 보나미코가 **NSLA**에서 턴 돈의 위치를 가리킨다는 건 자네도 알고 나도 알아."

"무슨 소리를 하는 건지 모르겠군."

"무슨 소리인지 다 알면서 그러나. 이제 어쩔 거야? 계속 능청이나 떨 건가, 거래 얘기를 해 볼 텐가?"

"정보가 더 필요해."

"예를 들면?"

"예를 들어 자네 친구 대니는 어떻게 조각을 손에 넣은 거지?"

"유타 주립 교도소에서 만난 웬 녀석에게서 얻은 거라더군. 무기 징역을 사는 놈이라 탈옥하지 않고서는 나올 가능성이 없었는데, 그렇다고 탈옥할 생각은 없었다지. 자기가 돈을 찾으면 그놈 처자식을 돌봐 주겠다고 했다는군."

"그래 놓고 대니란 놈은 나오자마자 마음을 바꿔서 자네에게 조각을 팔았단 건가?"

"그런 거지."

"거 훌륭한 친구로군."

"어쩌겠어?" 아서 브라운이 미소 지었다. "도둑끼리 의리라도 지키게?"

"그럼 자네 얘기도 해 볼까." 와인버그가 마주 미소 지으며 말했다. "자네 장기는 뭐지?"

"여기저기 들락날락하는 거지."

"예를 들면?"

"마지막으로 들락날락했던 덴 샌퀜틴 교도소였어." 아서 브라운은 다시 미소를 지어 보였다. "부도수표로 오 년 살았지. 누명 쓴 거지만."

"다들 누명이라지." 와인버그가 말했다. "잠시 사진 얘기로 돌아가 볼까. 전부 몇 조각인지는 알고 있나?"

"난 자네가 알길 바랐는데."

"난 몰라."

"그래도 거래는 할 수 있겠지."

"어쩌면. 이 일을 누가 또 알지?"

"아무도 몰라."

"동생한테 말 안 한 거 확실해? 아니면 깔치라든가?"

"동생 같은 거 없어. 난 원래 깔치한테는 절대 말 안 하고." 브라운은 잠시 말을 멈추었다. "왜? 자넨 누구한테 말했나?"

"아니. 내가 미쳤다고 그걸 말하겠어? 큰돈이 걸린 판국에."

"오호라. 갑자기 큰돈이 걸렸다는 걸 깨달으셨군그래?"

"명단에 있는 다른 이름은 누구야?"

"그럼 거래하는 건가?"

"내가 모르는 이름일 경우에만."

"자네가 갖고 있는 이름은 몇 개인데?"

"하나뿐이야."

"그럼 공평하군."

"같은 이름이 아니라면 말이지."

"혹시 같은 이름이라고 해도 우리 둘 다 손해 볼 건 없어. 내 제안을 말할 테니 받아들이든 말든 알아서 해. 난 내가 갖고 있는 이름과 조각을 내놓고, 자넨 자네가 갖고 있는 이름과 조각을 내놔. 우리가 돈을 찾으면 오십 대 오십으로 나누는 거야. 경비는 제한 다음에 말이지. 난 이미 이천을 썼으니까."

"그건 자네 문제지." 와인버그가 말했다. "지금부터 드는 경비야 나누겠지만, 자네가 열세 살 때 바르미츠바_유대교에서 열세 살이 된 소년이 치르는 성인식_에 쓴 돈까지 내 달라고 하진 마."

"좋아, 이천은 관두지. 그럼 거래하는 건가?"

"하자고." 와인버그는 그렇게 말하고 식탁 위로 손을 내밀었다. 브라운은 손을 맞잡았다. "자네 사진 조각을 볼까." 와인버그가 말했다.

"내가 아마추어인 줄 아나." 브라운이 고개를 내저었다. "설마 정말 내가 지금 조각을 갖고 왔을 거라고 생각한 건 아니겠지?"

"그냥 던져 본 거야." 와인버그가 씨익 웃었다. "이따가 밤에 만

나. 그때 가진 거 다 꺼내 보자고."

"어디서?"

"내 집은 어때?"

"어딘데?"

"사우스 커비 이백이십 번지. 삼십육 호."

"몇 시에?"

"열한 시 정각에 괜찮나?"

"거기로 가지." 브라운이 말했다.

사우스 커비 220번지는 정화조나 다름없는 빈민가였다. 아서 브라운은 그런 빈민가를 잘 알았다. 건물 앞 쓰레기통에서 쓰레기가 넘쳐흐르는 광경이라면 꽤 익숙했다. 현관 계단의 모습도 전혀 놀랍지 않았다. 시멘트 계단에는 금이 가 있고, 계단 가운데쯤의 챌판에는 하얀 페인트로 '현관 앞에 앉지 마시오'라고 적혀 있었다. 연철로 만든 난간은 녹이 슬어 있었고 출입문의 유리창은 깨져 있었다. 매달 생활보조 수표가 들어오는 현관 우편함의 자물쇠는 부서져 있었다. 현관에는 조명이 전혀 없었고 덩그러니 매달린 전구 하나만이 1층 층계참을 밝히고 있었다. 복도에는 음식 냄새와 탁한 공기 냄새, 배설물 냄새가 배어 있었다. 3층으로 올라가는 동안 브라운을 엄습해 온 악취는 속옷만 입고 침대에 누워서 부엌을 활보하는 쥐 소리에 귀를 기울이던 비쩍 마른 소년 시절의 수많은 기억을 불러일으켰다. 부모와 함께 쓰던 침실, 그의 옆 침대에 누워 있던 여

동생은 어둠 속에서 속삭이곤 했다. "쥐 또 왔어, 아티?" 그럴 때면 그는 눈을 크게 뜨고 고개를 끄덕이며 동생을 다독이곤 했다. "없어질 거야, 페니."

어느 날 밤, 페니가 말했다. "안 없어지면 어떡해, 아티?"

무어라 답할 말이 없었다. 다음 날 아침 부엌에 들어갔다가 꼬리가 긴 쥐 떼가 이빨에서 피를 뚝뚝 흘리면서 방 안 가득 들끓고 있는 광경을 목격하는 자신의 모습이 눈에 선했다.

지금까지도, 그 생각만 하면 몸서리가 쳐졌다.

안 없어지면 어떡해, 아티?

그의 동생은 열일곱 살에 어느 지하 클럽에서 헤로인 과다 투여로 사망했다. 주사를 놓은 사람은 페니와 마찬가지로 '워리어 프린스'라는 불량배 패거리에 몸담고 있던 10대 소녀였다. 그는 그 패거리 중 한 녀석이 임대주택단지의 벽돌 벽에다 1미터가 넘는 크기로 자기네 패거리 이름을 써 놓았던 광경을 떠올릴 수 있었다. 워리어 프린스.

3층 층계참의 어둠 속에서 브라운은 36호실 문을 두드렸다. 안에서 와인버그의 목소리가 들려왔다. "누구야?"

"나야." 그가 대답했다. "스토크스."

"열려 있어. 들어와." 와인버그가 말했다.

그는 문을 열었다.

무언가 잘못됐다는 예감은 한발 늦게 찾아들었다. 문을 열자 부엌까지 한눈에 들어왔지만 와인버그는 어디에도 보이지 않았다. 그런 다음에야 와인버그의 목소리가 닫힌 문 바로 가까이에서 들려왔다는 사실이 뒤늦게 떠오르면서 경각심이 찾아들었다. 그는 다가올 타격을 막기 위해 손을 들어 올리며 몸을 오른쪽으로 돌렸지만—너무 늦었다. 무언가 단단한 것이 그의 머리 옆, 관자놀이 바로 아래를 때렸다. 그는 옆으로 쓰러졌고, 거의 정신을 잃다시피 했고, 일어서려 애썼고, 넘어졌고, 마침내 38구경 스페셜의 총구를 올려다보았다.

"안녕하신가, 스토크스." 와인버그가 이를 드러내며 웃어 보였다. "두 손 얌전히 바닥에 붙이고 움직이지 마. 안 그러면 죽일 거야. 옳지."

그는 조심스럽게 브라운의 주변을 돌더니 뒤쪽에서 재킷 안으로 손을 넣어 어깨에 건 총집에서 총을 빼냈다.

"총기소지 허가증은 있으신가 몰라." 그는 또다시 씩 웃고는 총을 그의 바지 허리춤에 갖다 댔다. "일어나."

"뭘 어쩌려는 거야?" 브라운이 말했다.

"쓰잘머리 없는 거래 없이도 내가 원하는 걸 손에 넣으려는 거지."

"그래서 손에 넣으면? 그다음엔?"

"더 크고 좋은 건으로 옮겨 가야지. 자네 없이 말이야."

"되도록 빨리, 멀리 가는 게 좋을 거다." 브라운이 말했다. "네놈을 찾고 말 테니까."

"그것도 자네가 살아 있을 때 얘기지."

"네놈 아파트에서 날 죽이겠다고? 허풍도 정도껏 치지그래."

"내 아파트가 아니야." 와인버그는 다시 씩 웃었다.

"주소를 확인했는데……." 브라운은 그렇게 말을 꺼냈다가 '정보과에서'라는 말을 내뱉기 전에 입을 다물었다.

"그러셔? 뭐로?"

"네 이름을 전화번호부에서 찾아봤지. 어디서 사기를 치나, 와인버그. 여긴 네놈 집이 맞아."

"예전엔 그랬지. 예전에만. 두 달 전에 이사하고 전화번호는 그대로 둔 거야."

"그럼 오늘 밤엔 어떻게 들어온 거지?"

"관리인이 술고래거든. 이 건물에선 선더버드 한 병이면 안 되는 게 없지."

"지금 여기서 사는 사람은?"

"야간 경비원이라 열 시에 나가면 아침 여섯 시까지는 안 들어와. 또 질문 있나?"

"그래." 브라운이 말했다. "왜 이번 일에서 내가 혼자일 거라고 생각하지?"

"그게 무슨 상관인데?"

"무슨 상관인지 말해 주지. 네놈이 내 사진 조각을 갖고 갈 수는 있겠지. 지금 갖고 있으니까 말이야. 하지만 만약 나랑 일하는 놈이 한 녀석, 두 녀석, 아니면 아예 한 다스는 더 있다고 해 봐. 당연히 그 녀석들도 다 내 사진을 갖고 있겠지. 그럼 넌 어떻게 되지? 나는 죽고 넌 사진을 갖겠지만 다른 녀석들도 마찬가지로 갖고 있는 거야. 넌 다시 출발점으로 돌아가는 거지."

"그야 너 말고 다른 놈이 있을 때의 이야기고."

"그래. 그리고 만약 다른 녀석들이 실제로 있다면, 내 장담컨대 그 녀석들은 네가 누구인지 알 거야. 그러니 그 방아쇠를 당기고 나면 바로 내빼기 시작해야 할 거다. 서둘러서 말이야."

"이 일은 아무도 모른다더니."

"아무렴. 네놈도 거래를 하겠다고 했지."

"이번에도 허풍을 치는 건지 모르지."

"아닐 수도 있고. 도박 한번 해 볼 거야? 네놈 자식이 뭘 자초하는지 알기나 해? 달려드는 건 경찰―살인은 아직도 위법이니까―뿐만이 아닐걸."

"경찰은 신경 안 써. 그놈들은 여기 사는 사람을 찾을 테니까."

"그야 내 친구가 오늘 밤 너랑 내가 여기서 만났다는 사실을 말해 주기 전의 일이고."

"그럴듯하군, 스토크스. 하지만 정말로 네놈한테 친구가 있을 때의 얘기지. 그렇지 않으면 어림 반 푼어치도 없는 소리야."

"그럼 다른 각도에서 생각해 보든가. 날 죽이고 내 사진 조각을 가져갈 순 있겠지. 하지만 네놈이 원하는 이름은 못 알아내. 그건 여기 들어 있거든, 와인버그." 그는 검지로 자신의 관자놀이를 가리켰다.

"그건 생각 못 했군." 와인버그가 말했다.

4 조각맞추기

"그럼 이제 생각해 보라고." 브라운이 말했다. "오 분 주지."

"네놈이 나한테 오 분을 준다고?" 와인버그는 폭소를 터뜨렸다. "총은 내가 쥐고 있는데 네놈이 나한테 오 분을 주겠다 이거지."

"항상 네가 우세한 것처럼 굴어라. 우리 아버지께서 곧잘 하시던 말씀이지." 브라운은 그렇게 말하고 미소 지었다.

"자네 아버지도 삼팔 구경에 맞아 본 적 있으신가?"

"아니, 하지만 야구방망이로 맞은 적은 있으셨지." 브라운이 그렇게 말하자 와인버그는 다시 폭소를 터뜨렸다.

"그렇게까지 나쁜 파트너는 아닐지도 모르겠군." 그가 말했다.

"그래서 어떻게 생각해?"

"글쎄."

"그 총 내려놔. 그리고 내 총을 돌려주면 우린 다시 동등해지는 거야. 그런 다음 허튼수작은 집어치우고 거래나 트자고."

"자네가 날 때리려 들지 않으리라는 걸 내가 어떻게 알고?"

"그야 자네한테도 나처럼 친구가 있을지 모르잖나."

"항상 우세한 것처럼 굴라 이거지." 와인버그가 낄낄거렸.

"예스야 노야?"

"좋아." 와인버그는 브라운의 총을 허리춤에서 꺼내어 총구 쪽을 건넸다. 브라운은 즉시 총을 총집에 넣었다. 와인버그는 잠시 주저하다가 자신의 총을 오른쪽 엉덩이에 걸친 총집에 넣었다. "좋았어. 다시 악수부터 할까?"

"좋아." 브라운이 말했다.

두 사내는 악수했다.

"자네 사진 조각을 보지." 와인버그가 말했다.

"자네 걸 보자고." 브라운이 말했다.

"상호 신뢰 속에 피어나는 신용 사회라는 말 모르나. 좋아, 같이 꺼내지."

둘은 동시에 지갑을 꺼냈다. 동시에 둘은 지갑에서 광택이 나는 사진 조각을 꺼냈다. 브라운이 탁자 위에 올려놓은 조각은 그와 카렐라가 에르바흐의 스탠드에서 발견한 것이었다. 와인버그가 그 옆에 내려놓은 조각은 전체 사진의 귀퉁이에 들어맞는 것으로, 경찰이 이미 갖고 있는 어떤 조각과도 닮지 않았다.

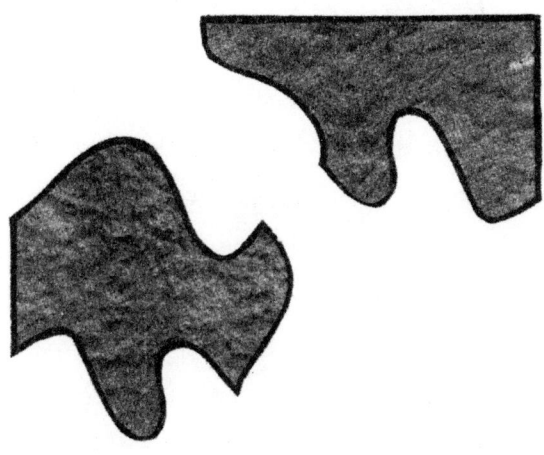

두 사내는 조각들을 살펴보았다. 와인버그가 탁자 위에서 두 조

각을 이리저리 움직이기 시작했다. 그의 얼굴 위로 웃음이 퍼져 나갔다. "우린 좋은 동업자가 되겠어." 그가 말했다. "이것 봐. 딱 들어맞는군."

브라운은 보았다.

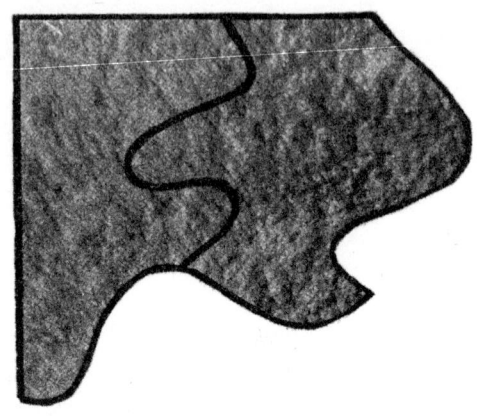

그런 다음 아서 브라운도 웃었다. 과연 조각이 딱 들어맞았기에 짓는 웃음이었다. 하지만 그의 웃음은 또한, 헤헤, 우리 새 파트너이자 호구께서는 모르시겠지만 형사실 책상 맨 위 서랍에 사진 조각이 둘 더 있기 때문에 짓는 웃음이기도 했다. 둘 더하기 둘은 넷인 법. 이 두 조각과 그 조각을 합치면 뭐가 나올지 누가 알까? 정말이지, 누가 알겠느냔 말이다. 그래서 브라운은 웃었고, 와인버그도 웃었고, 둘 모두 이 낡은 지그소 퍼즐을 맞춰 보며 즐거운 시간을 보냈다.

"다음은 이름이야." 와인버그는 꼭 아카데미 시상식 사회자가 말하듯이 말했다.

"유진 에드워드 에르바흐." 브라운이 미소 지으며 말했다.

"제럴딘 퍼거슨." 와인버그가 미소 지으며 말했다.

"에르바흐는 죽었어." 브라운이 그렇게 말하자 와인버그의 얼굴에서 미소가 싹 가셨다.

"뭐?" 그가 소리쳤다. "대체 무슨 개수작……?"

"수요일 밤에 살해당했어. 경찰이 발견했……."

"죽어?" 와인버그가 소리쳤다. "죽어?"

"죽었어. 하지만 경찰이 발견……."

"지금 배신 때리는 거냐? 뭐 하자는 거지? 무슨 배신 같은 거냐고?"

"일단 진정해."

"진정하고말고! 네놈 새끼 대가리를 산산조각 내 주마."

"그놈은 사진 조각을 가지고 다녔어." 브라운이 달래듯 말했다.

"뭐? 누가?"

"에르바흐."

"우리 사진 조각을?"

"그렇다니까."

"왜 진즉 말 안 했어? 그래서 어딨는데?"

"경찰이 가지고 있어."

"경찰이! 이런 제기랄, 스토크스……."

"경찰은 매수하면 돼." 브라운이 말했다. "경찰도 다른 사람이랑 마찬가지야. 에르바흐는 죽었고 놈에게서 발견된 건 아마 전부 갈색 종이봉투에 넣어서 경찰 서기가 관리하고 있겠지. 우리는 그게 어디 있는지 찾아낸 다음 돈 좀 집어 주면 돼."

"난 짭새랑은 교섭 안 해."

"누군 한대? 그래도 이 도시에서 살아남으려면 가끔은 그놈들도 상대해야지."

"그 새끼들 완전 도둑놈들이야."

"이것 봐, 몇 장만 쥐여 주면 중죄도 덮을 수 있는 세상인데 에르바흐 놈 사진 조각쯤이야 오륙십 달러면 손에 넣을 수 있을걸. 어디 있는지 찾아내기만 하면 돼."

"어떻게? 경찰에 전화해서 물어봐?"

"어쩌면. 생각 좀 해 봐야겠어. 그건 그렇고 이 제럴딘 어쩌고는 어떻게 할까?"

"퍼거슨이야. 제퍼슨 가에서 미술 갤러리를 운영하고 있지. 이미 예닐곱 번쯤 그 여자 아파트에 들어가 봤지만 사진은 못 찾았어. 거시기에다 쑤셔 넣고 있다고 해도 믿겠어." 와인버그는 그렇게 말하고 폭소를 터뜨렸다. 브라운도 따라 웃었다. 두 사람은 여전히 돈독한 우정을 나누고 있었고 자신들이 갖고 있던 두 조각이 음과 양처럼 깔끔하게 맞아떨어졌다는 사실에 환호작약하고 있었다.

"이거 복사본 갖고 있나?" 브라운이 물었다.

"당연히." 와인버그가 말했다. "자네는?"

"당연히."

"조각을 교환하고 싶은 거지?"

"그렇지."

"좋아." 와인버그는 브라운이 탁자 위에 올려 둔 조각을 집었다. 브라운은 나머지 한 조각을 집었다. 두 사내는 다시 씩 웃었다. "이제 가서 한잔하자고." 와인버그가 말했다. "전략을 짜 봐야지."

"그래." 브라운이 대답했다. 현관으로 향하던 도중, 그가—자신이 생각하기에는 무심한 어투로— 입을 열었다. "그나저나 자네는 사진 조각을 어찌 얻은 거야?"

"기꺼이 말해 주지." 와인버그가 말했다.

"좋아."

"자네가 그걸 어떻게 얻었는지 진짜로 말해 주고 나면." 와인버그는 그렇게 덧붙이고는 낄낄거리기 시작했다.

브라운은 순간 둘 중 누가 호구인지 궁금해졌다.

5

 모든 일이 너무 빠르고 너무 쉽게 벌어졌다.
 75만 달러를 얻는 게 늘 이렇게 간단한 일이라면, 아서 브라운은 정말 직업을 잘못 선택한 모양이었다. 자신과 와인버그가 정말로 파트너이기를 바라고 싶어질 지경이었다. 틀림없는 흉악범이었지만 브라운은 이 거구의 사내가 어쩐지 마음에 들었다. 그는 다음 날 새벽 2시가 되어서야 와인버그와 헤어졌다. 그즈음 두 사내는 둘 사이에 놓인 스카치위스키 병을 5분의 1씩 비운 채 서로를 아티와 앨이라고 부르고 있었다. 또한 다음번에는 브라운이 제럴딘 퍼거슨에게 접근해 보기로 합의도 본 터였다. 와인버그는 여러 차례 갤러리를 찾아가 그녀가 갖고 있는 사진 조각을 사겠다고 제안했지만 그때마다 퍼거슨은 조각이 났든 안 났든 간에 사진에 관해서는 아는 바가 없노라고 말했다. 와인버그는 자신들이 찾고 있는 물건이 여자에게 있다는 사실을 알고 있다고 말했지만 그 사실을 어떻게 알고 있는지는 말해 주지 않았다. 브라운은 무슨 놈의 파트너가 그러냐고 말했고, 그러자 와인버그는 브라운이야말로 더한 놈이라면서 유타 주립 교도소 무기징역수 같은 소리 하고 자빠졌다, 차라리 미키 마우스한테서 받았다고 하지 그러냐, 설마 내가 그걸 믿을 거라고 생각했냐고 대꾸했다. 브라운은 뭐, 우리 둘 다 출처를 밝히고 싶지 않은 이유가 있는 거라고 말했고, 와인버그는 뭐, 우리가 더 친해진 다음엔 말할지도 모를 거라고 대꾸했고, 브라운은 그렇게 되면 좋겠다며 말을 받았고, 그러자 와인버그가 이것 참, 내가 스페이드랑 파트너가 될 줄은 몰랐네그려, 라고 말했다.

 브라운이 그를 쳐다보았다.

 브라운도 백인들이 흑인을 가리켜 '스페이드'스페이드'는 흑인을 트럼프 카드의 스페이드 문양에 빗대어 비하하는 데에 사용하던 표현이다'라고 부르는 게 요즘 유행이라는 사실은 알았지만 브라운에게는 이 또한 그저 한 시절 경멸적으로 사용되었던—그리고 그가 생각하기에는 여전히 경멸적인—표현에 불과했다. 와인버그는 술이 올라 다정해진 기분으로 미소를 흘려 대고 있었으므로 분명 별생각 없이 그냥 흘러나온 소리일 터였다. 그럼에도 그 말은 신경을 긁었고, 이 모든 염병할 일들이 신경을 긁어 댔다.

 "그래서 떫으냐?" 그가 물었다.

 "뭐가 떫어?" 와인버그가 말했다.

"내가 스페이드라서." 브라운은 그 낱말을 강하게 내뱉었다.

와인버그가 그를 똑바로 바라보았다. "내가 그랬어? 자넬 그렇게 불렀어?"

"그랬어." 브라운은 고개를 끄덕였다.

"그랬다면 미안. 진심이 아니었어." 와인버그는 탁자 위로 손을 내밀었다. "미안, 아티."

브라운이 손을 맞잡았다. "잊어버려."

"내가 쓰레기일지는 몰라도, 내가 여기저기서 사람을 쥐어 패고 썩어 빠진 짓거리를 할지는 몰라도 있잖아, 난 자네가 좋아, 아티. 그러니까 그런 멍청한 소리를 해서 자네 기분을 나쁘게 하지 않겠네."

"그래."

와인버그는 계속 열을 올렸다. "내가 진짜 지구 역사상 가장 하찮은 인간일 수는 있지만, 내가 추잡한 짓거리를 했을 수도 있지만, 그래도 내가 자네를 스페이드라고 부르는 짓만은 절대 안 할게, 아티. 내가 진짜 개같이 취해서 내 소중한 친구이자 파트너의 기분을 나쁘게 할 말이 뭔지도 모를 지경이 되지 않고서는 그런 말 안 해."

"알았어."

"알았으니까 봐줘, 아티. 봐줘. 진짜로."

"알았다니까."

"좋아. 집으로 가자, 아티. 아티, 슬슬 집에 가자고. 난 만날 바에서 싸우거든. 근데 우리의 거래도 익어 가는 마당에 문제를 일으키

긴 싫어. 알았지?" 와인버그가 윙크했다. "알았지?" 그는 다시 윙크했다. "내일 아침에 자네가 귀염둥이 제럴딘 퍼거슨을 만나 보라고. 우리한테 사진을 안 주면 다시 와서 뭔가 끔찍한 짓을 할 거라고 말해, 알았지?" 앨버트 와인버그는 미소 지었다. "끔찍한 짓이 뭐가 있을지 지금은 생각이 안 나는데, 그래도 아침이면 생각날 거야. 알았지?"

토요일 아침, 브라운은 새 사진 조각을 제럴딘 퍼거슨의 이름과 주소를 적은 쪽지와 함께 봉투에 넣고 봉한 다음 분서에서 세 블록 떨어진 컬버 가 1134번지 건물의 복도에 있는 우편함에 넣었다. 우편함에는 카라 비니에리라는 이름이 적혀 있었는데, 이는 이탈리아 어로 카라비니에리가 경찰을 뜻한다는 데에서 착안한 스티브 카렐라의 농담이었다. 둘의 계획에 따르면 브라운은 형사실을 멀리하고, 그날 늦게 카렐라를 만나는 대신 아침에 관련 정보를 우편함에 넣어 두어 카렐라가 출근길에 가져갈 수 있게 했다.

이날 브라운의 하루는 다소 화려하게 시작되었다.

그리고 그 끝 또한 퍽 화려했다.

제럴딘 퍼거슨은 백인 여성으로, 체구는 아담하고 머리카락은 검은 직모였으며 눈은 갈색이었고 입은 커다랬다. 30대 초반인 그녀는 보라색 나팔바지에 라벤더색 새틴으로 지은 맞춤형 셔츠를 입고 있었다. 귓불을 뚫어 커다란 금 귀걸이를 걸고 있었고, 브라운을 맞이하는 미소는 눈부시기 이를 데 없었다.

"안녕하세요." 그녀가 말했다. "참 아름다운 아침이죠?"

"정말 근사한 아침입니다." 브라운이 말했다.

"곤자고 때문에 오신 건가요?" 그녀가 물었다.

"아닌 것 같습니다만. 곤자고가 뭐죠?"

"루이스 곤자고요." 그녀는 다시 미소 지었다. "화가예요. 그 사람 그림을 보러 오셨나 했는데, 이미 다 내렸거든요. 로스앤젤레스로 가실 계획이신가요?"

"아뇨, 그런 계획은 없습니다만."

"다음 주 화요일부터 거기 헤론 갤러리에서 전시회를 열거든요. 세풀베다에 있어요."

"아뇨, 로스앤젤레스에는 안 갈 겁니다."

"아쉽네요." 그녀는 그렇게 말하고는 미소를 지었다.

키는 대략 157에서 160센티미터 사이쯤 되어 보였고, 몸매의 비율은 완벽했다. 움직일 때마다 여성적인 날렵함이 그를 즐겁게 했고 갈색 눈동자는 갤러리 전면의 유리창으로 쏟아져 들어오는 햇빛 속에서 찬란히 빛났으며 미소는 커브볼처럼 빠르고 날카로운 곡선을 그렸다. 그녀는 두 팔을 활짝 벌리며 말했다. "하지만 다른 물건도 많으니까, 뭐 찾으시는 게 있다면 말씀만 하세요. 물론 원하신다면 혼자 둘러보셔도 되고요. 어느 쪽에 관심이 있으시죠? 회화 쪽이신가요, 조각 쪽이신가요?"

"저." 브라운은 입을 열려다 말고 주저했다. 정확히 어떤 식으로 접근해야 좋을지 알 수 없었다. "이 갤러리 주인 되십니까?" 그는 시간을 끌 요량으로 물었다.

"네, 그래요."

"그러면 퍼거슨 양이시겠군요. 제 말은, 여긴 퍼거슨 갤러리니까, 아마도……."

"음, 실은 퍼거슨 부인이에요." 그녀가 말했다. "하지만 그렇다고 할 수도 없죠." 그녀는 그렇게 덧붙이고는 다시 담백한 미소를 지어 보였다. "전 퍼거슨과 결혼했어요. 해럴드 퍼거슨이오. 하지만 퍼거슨과는 이제 부부로 지내지는 않아요. 그러니까 여전히 제럴딘 퍼거슨이기는 하지만 퍼거슨 부인은 아니랍니다. 아이참, 그냥 제리라고 부르세요. 선생님 성함은 어떻게 되세요?"

"아서 스토크스입니다."

"경찰이신가요, 아서?" 그녀는 심드렁하게 물었다.

"아뇨. 왜 그런 생각을?"

"체구가 경찰처럼 크시잖아요." 그녀는 어깨를 으쓱해 보였다. "게다가 총도 가지고 다니시고."

"제가요?"

"음흠. 거기요." 그녀가 손가락으로 가리켰다.

"보일 줄은 몰랐네요."

"해럴드는 다이아몬드 사업을 하느라 총기소지 허가증이 있었고, 지금 걸고 계신 것처럼 어깨에 걸린 총집에다가 이만큼 큰 리볼버를 넣고 다녔죠. 남편이 늘 총을 차고 다녀서 바로 알아볼 수 있게 됐나 봐요. 왜 총을 차고 다니시죠, 아서? 다이아몬드 사업을 하시나요?"

"아닙니다. 저는 보험 쪽에 있습니다."

그만하면 꽤 괜찮은 시작이다 싶었다. 비록 어빙 크러치의 직업을 빌린 것이고, 브라운이 아는 한 크러치는 총을 가지고 다니지 않았지만 말이다.

"어머, 보험업계에서도 총을 차고 다녀요?" 제리가 물었다. "그건 몰랐네."

"네. 보험조사원일 경우에는요."

"그렇구나!" 그녀가 소리를 꽥 질렀다. "누군가 그림을 도둑맞은 거군요! 그래서 진품인지 확인하러 오신 거고요."

"아, 아뇨. 그렇진 않습니다."

"아서. 난 당신이 경찰이라고 봐요. 정말로."

"경찰이 찾아올 이유라도 있습니까, 퍼거슨 양?"

"제리라고 부르세요. 어쩌면 제가 값을 지나치게 불렀기 때문인지도 모르죠." 그녀는 그렇게 말하고는 미소 지었다. "그렇진 않지만요. 아니, 실은 그래요. 경찰인지 아닌지 결정하실 동안 그림 좀 보시겠어요?"

그녀는 그에게 갤러리를 안내해 주었다. 벽은 하얬고, 위쪽 구석진 곳의 조명이 벽에 걸린 그림과 입상立像을 비춰 주었다. 그녀의 회화 취향은 브라운에게는 다소 과격했는데, 현란한 색채와 추상적이고 기하학적인 형태가 뒤얽힌 모습이 눈을 압도하여 판단을 힘들게 했다. 조각은 파이프렌치에 용접한 자동차 전조등, 빗자루의 해어진 솔과 부러진 자루에 엮은 배관공의 청소 도구 등으로 고철을

모아 놓은 듯했다.

"그리 열광적인 반응을 이끌어 내지는 못하는군요." 제리는 미소 지었다. "어떤 예술을 좋아하세요?"

"마음에 두고 있는 게 있긴 합니다." 브라운이 말했다.

"누가 여기서 봤다던가요?" 그녀가 물었다. "곤자고 전시회에 있던 건가요?"

"그럴 것 같진 않군요."

"어떤 그림인데요?"

"그림이 아닙니다. 사진이죠."

제리는 고개를 가로저었다. "그럼 여기가 아니겠네요. 사진 전시회는 한 적 없거든요. 제가 이 갤러리를 운영한 이후로는 말이죠. 거의 오 년이 다 돼 가요."

"완전한 사진도 아닙니다." 아서 브라운은 그렇게 말하고 반응을 살폈다.

"오호." 이번에는 그녀도 미소를 짓지 않았다. "다른 사람은 어떻게 됐어요?"

"어떤 다른 사람 말입니까?"

"지난 두 달 동안 여기를 삼사천 번은 왔던 남자 말이에요. 키가 이만큼 크고 금발 곱슬머리에다가 처음 왔을 때는 자기 이름이 앨 레이놀즈라고 하더니 두 번째 왔을 때는 자기가 한 말도 잊고 앨 랜돌프라고 하더군요. 그 사람도 경찰인가요?"

"우리 둘 다 경찰은 아닙니다."

"스타크 씨……."

"스토크스입니다."

"확인 한번 해 본 거예요." 제리는 빙긋 웃어 보였다. "스토크스 씨……."

"아서라고 부르시죠."

"아서, 나한텐 당신이 찾는 게 없어요. 정말이에요. 갖고 있었으면 당신에게 팔았을 거예요. 가격만 맞는다면요."

"가격이야 맞출 수 있지요."

"얼마가 맞는 가격인데요?"

"불러 보시죠."

"저 벽에 걸린 올브라이트 작품 보여요? 크기가 약 사천 제곱센티미터인데 가격이 만 달러예요. 그 옆에 더 작은 건 샌드로비치 건데 오천 달러죠. 저쪽 벽에 있는 작은 구아슈화(畵)는 삼천 달러고요. 찾으신다는 사진은 크기가 얼마나 되죠, 아서?"

"모릅니다. 전체 사진을 말씀하시는 겁니까, 갖고 계신 조각을 말씀하시는 겁니까?"

"전체 사진이오."

"오칠판? 육팔판? 추측일 뿐입니다만."

"그럼 전체 사진을 본 적이 없으신 거예요?"

"보셨습니까?"

"전 당신이 찾는 작은 조각도 못 본걸요."

"그럼 작다는 건 어떻게 알죠?" 브라운이 물었다.

"당신과 당신 친구에게는 얼마만큼의 값어치가 있는 물건이죠, 아서? 작든 크든 말이에요."

"갖고 있습니까?"

"그 사람에게는 아니라고 대답했는데 당신에게는 그렇다고 할 이유가 있을까요?"

"제가 더 설득력이 있을지도 모르죠."

"슈퍼스페이드여러 분야에서 재능 있는 흑인을 가리킬 때 사용했던 표현으로, 특히 운동선수나 예술가에게 쓰였다라 이거죠." 제리는 미소를 지었다. "구르는 수박보다도 빠르고, 한 번 펄쩍 뛰면 멀대 같은 흰둥이도 넘을 수 있는……."

"……그자는 바로 『에보니』지1945년에 창간된 흑인 대상 월간지의 온순한 아서 스토크스 기자 아닌가." 브라운이 말을 이어받았다.

"당신 정말 뭘 하는 사람이에요, 아서?"

"말했듯이 보험조사원입니다."

"당신 친구인 레이놀즈인지 랜돌프인지 누구인지는 보험조사원처럼 생기지 않았던데."

"보험조사원끼리 생김새나 말투가 닮으란 법은 없죠."

"그건 그래요. 생김새랑 말투가 닮은 건 경찰과 범죄자뿐이죠. 당신이랑 당신 친구는 경찰인가요, 아서? 아니면 범죄자? 어느 쪽이에요?"

"어쩌면 한 사람은 경찰이고 한 사람은 범죄자일지도 모르죠."

"어느 쪽이든, 나한테는 당신이 찾는 거 없어요."

"있을 것 같은데요."

"맞아요." 갤러리 뒤편에서 목소리가 흘러나왔다. "갖고 있죠."

"아, 젠장." 제리가 말했다.

브라운은 온통 하얀 벽 가운데 파란 문이 열려 있는 곳을 돌아보았다. 갈색 정장을 입은 금발 머리 사내가 문가에서 문고리를 쥔 채 서 있었다. 키는 178센티미터쯤 되어 보였고, 양복 상의 안에는 조끼를 입었고 금테 안경을 쓰고 갈색과 금색 줄무늬 넥타이를 맸다. 그는 활달한 걸음걸이로 두 사람에게 다가와 브라운에게 손을 내밀며 말했다. "브램리 칸입니다. 처음 뵙겠습니다."

"브램, 당신 하여간 골치야." 제리가 말했다.

"아서 스토크스입니다." 브라운이 말했다. "만나서 반갑습니다."

"사업 얘기를 하실 거라면……."

"사업 얘기 안 할 거야." 제리가 끼어들었다.

칸은 온화한 목소리로 말을 이어 나갔다. "사무실로 들어가서 하시죠." 그는 제리를 흘끗 본 다음 다시 브라운을 바라보았다. "어떠십니까?"

"안 될 거 없지요."

그들은 갤러리 뒤쪽으로 갔다. 사무실은 작고 소박했다. 현대풍 덴마크제 책상 맞은편 벽에는 자연주의 화풍의 누드화가 하나 걸려 있었고 두꺼운 회색 깔개에 하얀 벽, 그리고 하얀 루사이트 조명 기구에 가죽과 크롬으로 된 안락의자 여러 개가 놓여 있었다. 제리 퍼거슨은 입술을 비죽이며 칸의 책상에서 가장 가까운 의자에 앉아 다리를 꼬고 손으로 턱을 받쳤다. 브라운은 칸 맞은편의 의자에 앉앉고, 칸은 책상 뒤의 구식 회전의자에 앉았다. 이렇게 산뜻한 주변 환경 속에서는 튀어 보이는 의자였다.

"전 제리의 동업자입니다." 칸이 설명했다.

"갤러리에서만요." 제리가 딱 잘라 말했다.

"사업상 조언자이기도 하고요."

"내가 조언 하나 할게." 제리 퍼거슨이 열을 내며 말했다. "내 일에서 신경……."

"제리가 좀 다혈질이죠." 칸이 말했다.

"제리 동업자는 머저리고요." 제리가 말했다.

"나 원." 칸은 한숨을 내쉬었다.

브라운은 그를 바라보며 그가 동성애자인지 아닌지 분간하려 애썼다. 태도가 나긋하기는 했지만 그리 여성적이지는 않았다. 목소리도 부드럽게 유지하고 있었지만 딱히 동성애자 같은 억양이라고는 할 수 없었다. 몸짓은 작고 유연했지만 손목을 꺾으며 말한다거나 손과 어깨를 무용수처럼 사용하지도 않았다. 브라운으로서는 알 수 없는 일이었다. 그가 만나 본 가장 큰 동성애자는 레슬러 같은 체구에 부두 노동자처럼 민첩했다.

"사진은 어떻게 된 겁니까?" 브라운이 물었다.

"갖고 있어요." 칸이 말했다.

"없어요." 제리가 말했다.

"잠시 두 분만 계시도록 자리라도 비워 드릴까요." 브라운이 말했다.

"얼마까지 낼 의향이 있으십니까, 스토크스 씨?" 칸이 물었다.

"봐서요."

"뭘 본다는 말씀이십니까?"

브라운은 아무 말도 하지 않았다.

칸이 말했다. "선생께서 이미 갖고 계신 조각인지 아닌지에 달렸다는 말씀이시겠죠?"

브라운은 여전히 아무 말도 하지 않았다.

"한 조각 갖고 계시죠? 아니면 여러 조각?"

"파는 겁니까, 마는 겁니까?" 브라운이 물었다.

"안 팔아요." 제리가 말했다.

"팝니다." 칸이 말했다. "하지만 아직 제안을 하지 않으셨잖습니까, 스토크스 씨."

"일단 봅시다." 브라운이 말했다.

"안 됩니다." 칸이 말했다.

"안 돼요." 제리가 한발 늦게 말했다.

"스토크스 씨는 몇 조각이나 갖고 계십니까?"

그는 대답하지 않았다.

"다른 신사분은 동업자이십니까? 한 조각 이상 갖고 계신가요?"

그는 대답하지 않았다.

"사진이 뭘 나타내는지는 알고 계십니까?"

"저도 질문 좀 하죠." 브라운이 말했다.

"하시지요." 칸은 인심 좋게 손바닥을 펴 보이며 발언권을 양보

하겠다는 시늉을 했다.

"퍼거슨 양……."

"제리라고 부르기로 한 것 같은데요."

"제리…… 지금 갖고 있는 조각은 어디서 났죠?"

"두 사람 다 꿈을 꾸고 있군요. 난 당신들이 무슨 얘기를 하는 건지도 모르겠어요."

"제 고객은……."

"고객 같은 소리 집어치워요. 당신 경찰이잖아요. 누구한테 장난질이에요, 아서?"

"정말 경찰이십니까, 스토크스 씨?"

"아닙니다."

"짭새 냄새가 진동을 하는데." 제리가 말했다.

"짭새 냄새는 어떻게 그렇게 잘 압니까?" 브라운이 물었다.

"이 질문에는 내가 답해도 될까?" 칸이 물었다.

"입 다물어, 브램." 제리가 경고했다.

"퍼거슨 부인의 동생으로 패티 다모르라는 아가씨가 있죠." 칸이 말했다. "혹시 떠오르는 거 있으십니까?"

"전혀요."

"그 여자 남편이 루 다모르라는 싸구려 폭력배였죠. 한 육 년 전이었나, 은행 털고 나서 죽었습니다."

"제가 찾는 건 그런 일이랑은 상관없습니다만." 아서 브라운이 말했다.

"아무렴, 상관없으시겠지." 제리가 말했다. "이 사람 경찰이야, 브램. 당신은 바보고."

"시칠리아인의 피는 물보다 훨씬, 훨씬 진하죠." 칸은 그렇게 말하며 미소 지었다. "어린 시절에 라자냐를 먹으면서 '짭새 냄새'에 대한 이야기를 많이 한 모양이야, 제럴딘?"

"시칠리아 표현 하나 들어 볼래?" 제리가 물었다.

"기꺼이."

"바 퐁 굴."

"그게 무슨 뜻인지는 저도 알겠군요." 브라운이 말했다.

"중국어 같은데." 칸이 말했다.

"사진 말인데……."

"갖고 있고, 팔 겁니다." 칸이 말했다. "우리 일이 그거죠. 작품 파는 거."

"작품을 보지도 않고 사려는 손님 보셨습니까?" 아서 브라운이 물었다.

"있지도 않은 작품을 사려는 손님도 있던가?" 제리가 물었다.

"그럼, 일단 두 분께서 상황을 정리하신 다음에 제게 연락을 주시 겠습니까?" 브라운이 말했다.

"어디로 연락드리면 될까요, 스토크스 씨?"

"전 셀비 암스에 있습니다. 노스 파운더스에 있는 싸구려 여인숙 이죠. 바이램 가 바로 옆입니다."

"스토크스 씨는 외지인이신가요?"

"오백이 호입니다."

"질문에 대답하지 않으셨는데요."

"제 질문에도 대답하지 않으셨죠." 브라운은 미소를 지어 보이고 일어나 제리 쪽을 돌아보며 말했다. "재고해 주시기를 바랍니다, 퍼거슨 부인."

이번에는 그녀도 제리라고 부르라는 말을 하지 않았다.

바깥으로 나온 브라운은 전화 부스를 찾았다. 첫 번째로 찾은 전화는 다이얼이 빠져 있었다. 다음 부스의 수화기는 금속을 입힌 전화선이 잘려 있었다. 필시 철사 절단기를 쓴 모양이었다. 세 번째 부스는 겉보기에는 괜찮아 보였다. 그러나 10센트짜리 동전을 넣었는데도 아무런 소리가 들리지 않았다. 발신음도, 잡음도, 아무 소리도 들리지 않았다. 수화기 걸이를 눌러 보았다. 동전은 나오지 않았다. 수화기를 걸었다. 동전은 나오지 않았다. 전화기를 주먹으로 쳤다. 아무 일도 없었다. 그는 욕설을 내뱉으며 부스를 나왔다. 대체 언제부터 시 당국은 전화 회사를 시켜 '공중전화'라는 이름의 불법 도박 게임기를 도시 전역에 설치한 것일까. 게일로드 래브널[인기 소설, 뮤지컬, 영화 「쇼 보트」에 등장하는 도박사 캐릭터] 같은 타입이라면 이런 유의 활동 —동전 투입구에 돈을 넣은 다음 그 돈을 잃든가 아니면 잭팟을 터뜨려 반환구로 동전이 쏟아져 나오게 하든가 하는—을 즐겼을 테지만 브라운은 그저 전화를 걸고 싶을 뿐이었고, 그와 같은 라스베이거스식 시도에는 전혀 관심이 없었다. 그는 마침내 타일러 가의 어느 식당에서 멀쩡한 전화기를 찾아냈다. 잠시 하늘을 올려다본 다음 동전 투입구에 동전을 넣었다. 즉각 발신음이 들려왔다.

 그가 건 번호는 앨버트 와인버그의 번호였다. 와인버그는 전날 밤 그에게 새 주소를 가르쳐 주었다. 노스 콜먼에 있는 하숙집으로, 바이램 가에서 가까운 곳이었다. 브라운이 셀비 암스에 숙박하게 된 것도 와인버그의 집에서 불과 세 블록 거리에 있었기 때문이었다. 와인버그가 전화를 받자 브라운은 퍼거슨 갤러리 주인들과의 만남에 관해 이야기했고, 오늘 중에 다시 연락이 올 것 같다면서 지금 당장 호텔로 돌아가겠노라고 말했다.

"셀비 암스라고 했지?" 와인버그가 말했다.

"응, 노스 파운더스에 있는. 자넨 어떻게 됐어?"

"여기저기 물어보고 다녔지. 내가 이해한 바에 따르면 사람이 죽으면 경찰이 옷이랑 소지품을 시내의 소지품 보관소라는 곳으로 가져간다더구먼. 물건은 의사랑 감식반이랑 사건을 맡은 형사들이 볼 일 다 본 다음에 친척이 찾아갈 수 있대. 내가 에르바흐 형이라고 하면 먹힐까?"

"그건 안 될걸."

"시도해 볼 가치는 있을지도 몰라. 돈도 절약되고 말이야."

"매수하는 게 더 안전해."

"내가 좀 더 알아보지. 누가 사무소를 운영하는지도 알아야 하니까."

"그래. 어디로 연락하면 되는지 알지?"

"그래. 퍼거슨이나 그 호모 파트너 놈이 연락해 오면 알려 줘."

"그러지." 브라운은 그렇게 말하고 전화를 끊었다.

세속으로부터 떨어진 형사실의 고요함 속에서(전화는 찌르릉찌르릉, 타자기는 타닥타닥, 텔레타이프는 철컥철컥, 방 건너 유치장에서는 한 사람이 목을 놓아 소리를 질러 대고) 스티브 카렐라는 사진 조각 네 개를 책상 위에 늘어놓고 맞춰 보려 애썼다.

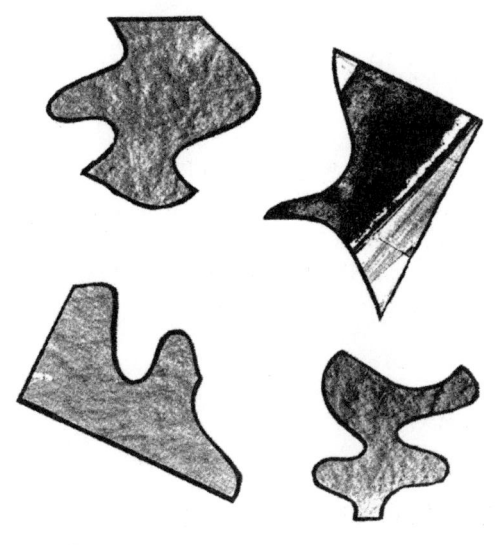

그는 지그소 퍼즐에 그다지 소질이 없었다.

그가 생각하기에는, 물론 생각해 볼 여지가 너무나 많기는 했지만, 직각이 들어 있는 조각은 분명 귀퉁이에 들어가는 것일 테니까

이 중에서 두 조각의 자리는 네 군데 중 두 군데의 자리를 차지할 것이다. 직사각형에는 귀퉁이가 네 개뿐이니 말이다. 역시 대단한 추리력이야. 두 귀퉁이 조각 중 더 단순하게 생긴 조각은 어둡고 거친 무언가의 표면 같았다. 그리고 그 조각이 위쪽 귀퉁이냐 아래쪽 귀퉁이냐에 따라 위, 혹은 아래에서 뭔가가 튀어나와 있었다. 어둡고 거친 표면으로 튀어나와 있는 그 무언가는 끈을 두른 남근과 무척 비슷해 보였다(하지만 실제로 남근일 가능성은 없을 것 같았다. 그게 남근이라면 사건의 성격이 완전히 달라지는 셈이다). 두 번째 귀퉁이 조각에는 넓게 휘어진 부분이 있었는데 벽이나 건물, 혹은 핸드볼 경기장의 일부를 담고 있는 듯했다. 그리고 남은 두 조각은 모두 똑같이 거친 회색 표면을 담고 있었다. 카렐라가 골치 아파하는 것도 바로 그 표면이었다. 그 표면은 보면 볼수록 물처럼 보였다. 하지만 그렇다면 구석에 있는 벽이나 건물, 혹은 핸드볼 경기장과는 어떻게 연결된단 말인가?

그는 지그소 퍼즐에 그다지 소질이 없었다.

10분을 공들인 끝에, 그는 마침내 두 조각을 맞추는 데에 성공했다. 앨버트 와인버그는 30초 만에 해낸 일이었다. 10분 후, 그는 다른 조각도 맞춰 넣었다. 다시 20분 후, 그는 네 번째 조각은 다른 세 조각의 어디에도 들어맞지 않는다는 결론을 내렸다. 그는 자신이 맞춘 모양을 바라보았다.

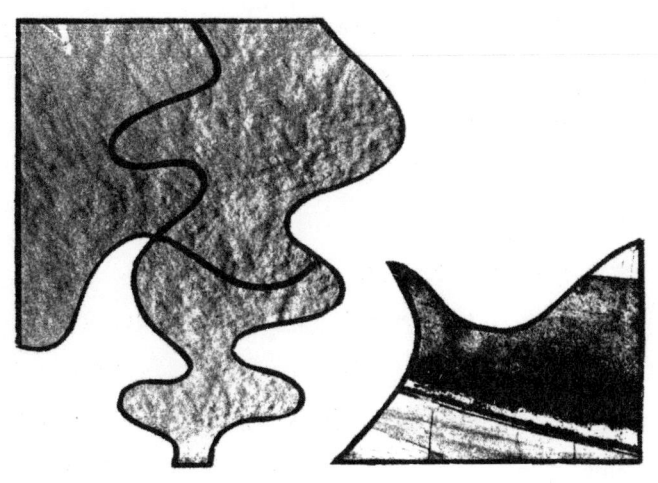

뭐든지, 어디든지 될 수 있을 법한 모양이었다.

도시에서는 6월이 아늑한 토요일 오후의 마법을 불러일으키고 있었다.

3번가와 폴저 가, 열일곱 살 먹은 소년 둘이 더 어린 소년 하나를 불러 세워 놓고 가진 돈 있느냐고 물었다. 날이 토요일인지라 어린 소년에게는 학교 갈 차비도 없었고 점심값도 없었다. 소년이 가진 것이라고는 오로지 두려움뿐이었고, 이 두려움은 원시림 속 동물이 내뿜는 사향처럼 나이 많은 소년들에게로 흘러들었다. 녀석들은 상대가 빈털터리라는 사실을 깨닫고는 소년을 두들겨 팼다. 어쩌면 애초에 그저 소년을 두들겨 패고 싶었을 뿐이었는지도 몰랐다.

녀석들은 코가 박살 나고 이가 네 개나 빠진 채 의식을 잃은 소년을 뒤로하고 자리를 떴다. 녀석들이 가져간 것이라고는 소년의 재킷에 달려 있던 반핵 캠페인 버튼뿐이었다. 그런 다음 둘은 존 웨인이 출연한 영화 「그린베레」를 보러 갔다.

6월.

그로버 공원, 한 노파가 벤치에 앉아 비둘기에게 먹이를 주고 있었다. 그녀는 꽃무늬 홈드레스에 모직 숄을 두르고 있었다. 그녀는 계속해서 비둘기에게 먹이를 주며 나직하게 구구 소리를 냈다. 가방은 바로 옆에 두었다. 가방의 열린 틈으로 반쯤 짠 회색 스웨터와 뜨개질바늘이 튀어나와 있었다. 긴 머리카락에 제멋대로 수염이 자란 한 대학생이 어슬렁거리며 다가와 그녀 옆에 앉았다. 그는 청바지에 트레이닝 상의를 입고 닳아 빠진 부츠를 신고 있었다. 그는 플라톤의 『국가』를 펴 들고 햇볕을 쬐며 읽기 시작했다.

노파가 청년을 흘끗 바라보았다.

그녀는 빵조각 한 줌을 비둘기에게 던지고 구구 소리를 내더니 다시 청년을 흘끗 보았다. 청년은 독서삼매경에 빠져 있었다.

"날 그렇게 보지 마." 갑자기 그녀가 말했다.

청년은 퍼뜩 자신의 오른쪽을 바라보았다. 처음에는 자기더러 한 소리인가 의아해하는 표정이었다.

"들었잖아, 이 꼬맹이 새끼야." 노인이 말했다. "날 그렇게 보지 마, 이 후레자식아."

청년은 잠시 노인을 쳐다보다가 그녀가 미쳤다고 결론을 내리고는 책을 덮은 다음 벤치에서 일어섰다. 그 순간 그녀는 가방으로 손을 뻗어 뜨개질바늘을 하나 꺼내더니 청년의 눈을 깔끔하게 관통하여 목 뒤까지 꽂아 넣었다. 발치에서는 비둘기들이 빵조각을 쪼아 먹으며 구구거렸다.

  6월, 노래를 불러요.

  몇 킬로미터 떨어진 지붕 위, 햇살은 이미 끈적거리기 시작하는 타르 위로 내리쬐고 있었고, 그 검게 녹아내리는 물질 위에서 네 소년이 열두 살 난 소녀를 내리누르고 있었다. 다섯 번째 소년은 소녀의 팬티를 벗긴 다음 비명을 지르지 못하도록 입에 쑤셔 넣었다. 소녀는 움직일 수도 없었다. 소년들이 그녀의 팔다리를 사방으로 펼친 채 붙들고 있었기 때문이었다. 닫혀 있는 옥상 출입문 곁에 선 소년이 속삭였다. "서둘러, 닥." 소녀의 팬티를 벗긴 닥이라는 이름의 소년은 이제 그녀를 굽어보며 서 있었다. 작열하는 태양을 등지고 있는 탓에 몸집이 크고 거대해 보였다. 그는 지퍼를 내리고 공포로 물든 그녀의 눈 속에 자신의 남성을 과시했고, 소녀가 살을 잡아 뜯으며 저항하는데도 아랑곳하지 않고 그녀의 깊숙한 곳을 파고들었다. 그들이 돌아가며 그 짓을 하는 동안, 닫힌 문 곁에 선 소년은 조바심을 내며 발을 동동 굴러 댔다. 마침내 소년의 차례가 왔을 때, 다른 소년들은 누군가에게 걸리기 전에 자리를 뜨는 게 좋겠다고 결정했다. 소녀는 의식을 잃고 피를 흘리는 가운데 녹아내리는 타르 위에서 여전히 팔다리를 활짝 편 채로 입에 팬티를 물고 있었다. 망을 보던 소년은 거리까지 내려오는 내내 계속 투덜거렸다.

"상놈의 자식들." 소년은 거듭 되뇌었다. "나도 끼워 준다고 했잖아. 약속했으면서."

6월, 노래를 불러요, 노를 저어요.

오후가 저물어 가면서 하브 강에서 달콤함에 취할 것 같은 산들바람이 불어와 도시의 비좁은 협곡 사이를 파고들었다. 지평선에는 땅거미가 내리고, 낮의 소리는 다가오는 밤의 소리와 섞여 들기 시작했다. 서쪽 하늘은 핏빛 빨강으로 물들어 갔고, 거기서 다시 보라색으로 파란색으로 검은색으로 색채의 스펙트럼을 따라 흘러나갔다. 파리한 은색 달빛이 엷은 레몬 껍질처럼 별들 주변을 에워쌌다. 강에서 그리 멀지 않은 어느 골목길의 아파트, 한 남자가 러닝셔츠에 바지 차림으로 앉아 텔레비전을 보고 있었다. 하프슬립에 브래지어를 걸친 그의 아내가 뚜껑을 딴 맥주 두 병과 잔 두 개를 가지고 부엌에서 조용히 걸어 나왔다. 그녀는 남자 앞에 맥주 한 병과 잔 한 개를 내려놓은 다음 남은 병의 맥주를 자기 잔에 따랐다. 뒷마당 쪽으로 열린 창문 사이로 파리한 초승달 빛이 스며들었다. 여자는 텔레비전 화면을 보고 말했다. "또 저거야?"

"응." 남자는 자신의 맥주병을 집어 들었다.

"난 저 프로 싫던데." 아내가 말했다.

"난 좋아해." 남자가 말했다.

여자는 아무 말 없이 텔레비전으로 다가가 채널을 돌렸다. 그녀의 남편은 아무 말 없이 의자에서 일어나서 사뿐사뿐 그녀에게 다가가 맥주병으로 그녀를 열한 번 쳤다. 두 번은 서 있을 때, 두 번은 바닥에 쓰러졌을 때, 그리고 나머지 일곱 번은 의식을 잃은 채 피를 흘리기 시작한 다음에. 그는 다시 텔레비전을 원래 보고 있던 채널로 돌린 다음 45분 후 프로그램이 끝나고 나서야 경찰에 전화했다.

6월, 노래를 불러요, 노를 저어요, 달빛을 비추어요.

서쪽으로 열여섯 블록 떨어진 셀비 암스 호텔 방, 아서 브라운은 연달아 전화 세 통을 한 다음 도로 앉아 퍼거슨, 또는 칸의 연락을 기다렸다. 첫 번째 전화는 아내인 캐롤라인에게 걸었다. 그녀는 저녁 데이트를 취소해야 한다는 사실에 개탄했고, 계속해서 그가 보고 싶다고 말했으며, 딸 코니가 감기에 걸렸다고 이야기했다. 브라운이 아내에게 자신도 당신이 보고 싶다고 말하자 그녀는 다음과 같이 답했다. "그럼 집에 와서 어떻게 좀 해 보지그래?"

"일이 있잖아." 그가 말했다.

"푸." 그녀가 대꾸했다.

둘은 달콤한 말을 속삭이고 6월, 노래, 노, 달에 관한 노래들 _June, croon, spoon, moon은 6월을 배경으로 하는 유행가에서 운율을 만들기 위해 흔히 사용하는 낱말들_ 을 흥얼거리다가 전화를 끊었다.

브라운은 수첩을 집어 와인버그의 주소와 전화번호를 갈겨 둔 페이지를 폈다. 벨이 울리고 세 번 만에 와인버그가 전화를 받았다. 안부 인사를 교환하자마자 와인버그가 말했다. "뭐 있어?"

"아직."

"놈들이 연락해 올 것 같아?"

"여전히 기대는 하고 있어."

"나도 별 소득 없었어. 아까 말했던 소지품 보관소 있잖아?"

"응."

"우선, 거기서 일하는 사람만 마흔 명에서 쉰 명쯤 되는데, 거의가 민간인이라더군. 온 동네에서 별의별 것이 다 들어오는데, 사고나 범죄에 관련된 물건 중 경찰서에서 가져가지 않은 건 죄다 거기로 온대. 꼬락서니가 창고가 따로 없다더구먼."

"원 세상에." 브라운이 이미 알고 있던 사실이 아닌 양 말했다.

"그러게 말이야. 게다가 경찰도 있대. 당연히 그런 곳에는 무기도 많이 있을 테니까 말이지. 알아먹겠지?"

"음흠."

"그리고 볼일 다 본 물건을 내놓으라고 하려면 제일 가까운 친척이어야 된다더군. 팔촌이어도 상관은 없고, 그냥 살아 있는 친척 중에서 제일 가까우면 된대. 알아먹겠지?"

"그건 우리한테는 좋은 소식이네. 그쯤이야 가볍게 해치울 수……."

"잠깐 기다려. 일단 지방 검사에게서 반출허가증을 받아야 해. 지방 검사 사무실에 가서 망할 놈의 반출허가증을 받아야 한다는 거야."

"그건 안 좋군."

"재수 옴 붙었지."

"거기 총책임자는 누구래?"

"그건 아직 몰라."

"알아봐. 그놈에게 접근해야 할 테니까." 브라운이 덧붙였다. "밤중에 침입하고 싶지 않다면 말이지."

"하!" 와인버그가 말했다. "나중에 연락할 거지? 무슨 일이든 생기면 알려 줘."

"밤새 거기 있을 거야?"

"밤새. 달콤한 버번이 한 병 있어서 작살내려고."

"자네나 작살나지 말게." 아서 브라운은 그렇게 말하고 전화를 끊었다.

다음에 그가 연락한 사람은 어빙 크러치였다.

"이거, 이거." 크러치가 말했다. "반가운 연락인데요."

"조사해 보기로 결정했소." 브라운이 말했다.

"그러실 줄 알았죠." 크러치가 대답했다. "에르바흐의 아파트에서 찾던 걸 찾으셨군요?"

"그래요. 게다가 거기서 더 나갔지."

"무슨 얘깁니까?"

"와인버그와 접촉했소. 놈은 다른 조각을 갖고 있고, 내게 그 복사본을 주었소."

"끝내주네요! 언제쯤 볼 수 있을까요?"

"오늘 밤은 안 되고. 내일 아침 형사실에 들를 수 있겠소?"

"형사실이오?"

"그래요. 왜? 형사실에 무슨 문제라도 있소?"

"아뇨. 그냥 일요일에도 일하신다는 걸 잠시 깜빡했습니다."

"정각 열 시나 그쯤에 오시구려. 난 거기 없겠지만 카렐라가 물건을 보여 줄 거요."

"좋습니다. 필요할 경우 형사님께서는 어디로 연락하면 됩니까?"

"난 셀비 암스 오백이 호에 있소."

"혹시 모르니까 적어 두죠." 잠시 침묵이 흘렀다. "셀비 암스라." 크리치가 주소를 적으며 되뇌었다. "오백이 호실. 좋습니다. 출발은 확실히 좋군요. 뭐라 감사의 말씀을 드려야 할지."

"다들 좋자고 하는 일이니까." 브라운이 말했다. "끊어야겠군. 기다리는 전화가 있어서."

"오? 또 다른 단서입니까?"

"그래요. 당신 명단에 있던 '제럴딘'은 고(故) 루 다모르의 처형인 제럴딘 퍼거슨이었소. 제퍼슨 가에서 미술 갤러리를 운영하지."

"그건 누가 알려 준 겁니까?"

"와인버그."

"그 여자도 뭔가 갖고 있나요?"

"그런 것 같지만 확실한 건 아니오. 그 얘길 들으려고 기다리는 중이고."

"제게도 알려 주시겠습니까?"

"뭐든 확실해지는 대로."

"좋습니다. 저기, 전화 주신 것 다시 한 번 감사드립니다. 정말 굉장한 소식이군요."

"그럼 이만." 브라운은 그렇게 말하고 전화를 끊었다.

그날 밤 그의 전화는 울리지 않았고 토요일도 아직 화려한 결말을 맞이할 기미를 보이지 않았다. 그러다 자정이 다 되어 갈 즈음, 그가 전화기 곁의 안락의자에서 졸고 있을 무렵, 노크 소리가 들렸다. 그는 즉시 잠에서 깨어났다.

"네?"

"스토크스 씨?"

"맞습니다."

"사환입니다. 방금 어느 여자분께서 아래층에 메시지를 남기고 가셔서요."

"잠깐만요." 그는 신발과 양말을 벗고 있었기 때문에 맨발로 살금살금 문가로 다가가 문을 살짝 열어 보았다.

문이 활짝 열렸고, 토요일 밤의 화려한 대목이 시작되었다.

사내는 화려한 나일론 스타킹을 뒤집어쓴 탓에 코가 눌리고 얼굴이 뒤틀려 보였다. 그는 장갑을 낀 오른손에 화려한 권총을 들고 있었고 왼쪽 어깨로 문을 밀어젖힘과 동시에 총을 브라운의 머리에 휘둘렀다. 그는 눈 위를 얻어맞고 바닥에 거꾸러졌다. 사내는 신고 있던 화려하고 반짝반짝 닦인 검은 구두로 브라운이 쓰러지자마자 머리를 걷어찼다. 화려한 로켓 다발이 브라운의 머릿속에서 발사되었고, 그는 의식을 잃었다.

6

 머리를 맞는 건 좋지 않은 일이다. 의사라면 누구나 다 아는 사실이다. 머리를 맞은 다음 다시 머리를 걷어차이는 건 더욱 좋지 않은 일이다. 그거라면 어머니들도 다 아는 사실이다. 누군가가 머리를 맞고 의식을 잃었다면, 의사들은 최소한 일주일 동안 병원에서 안정을 취해야 한다는 진단을 내리는 것이 보통이다. 의식을 잃었다는 것은 뇌진탕의 가능성이 있다는 뜻이고, 뇌진탕은 내출혈의 가능성을 내포하기 때문이다.
 아서 브라운은 20분 후 의식을 되찾았고, 화장실에 가서 구토했다. 방은 엉망이었다. 누가 그를 후려갈겼는지 몰라도 그 누군가는 고 유진 에드워드 에르바흐가 고 도널드 레닝거의 아파트를 뒤엎어 놓은 것처럼 철저하게 방을 뒤엎어 놓았다. 브라운은 엉망이 된 방에 딱히 신경 쓰지 않았다. 적어도 이 순간에는 아니었다. 브라운은 비틀거리며 전화기로 다가가는 데에 집중했고, 해냈다. 그런 다음에는 수화기를 들어 올리는 데에 집중했고, 이 또한 해냈다. 그는 사환에게 스티브 카렐라의 리버헤드 집 주소를 알려 주었고, 전화벨이 여섯 번 울리는 동안 기다린 다음 카렐라네 가정부인 패니에게서 카렐라 씨는 사모님과 함께 아이솔라에 가셨으며 1시쯤까지는 돌아오지 않으실 거라는 이야기를 들었다. 그는 카렐라에게 셀비 암스로 와 달라는 메시지를 남기고 전화를 끊었고, 당장 형사실에 연락을 취하는 게 좋겠다고 생각하고는 다시 사환에게 연락하려다가 문득 현기증이 밀려오는 것을 느꼈다. 그는 비틀거리며 침대로 다가가 그 위에 대자로 뻗고 눈을 감았다. 잠시 후, 그는 다시 화장실로 가서 구토를 하고 침대로 돌아온 다음 눈을 감았고, 또 한 번 잠을 자는 것인지 의식을 잃은 것인지 알 수 없는 상태로 빠져들었다.

밤은 이제 슬슬 새벽으로 넘어가고 있었다.

30분 후 그를 찾아온 카렐라는 502호 문을 두드렸고, 답이 없자 즉각 곁쇠를 써서 문을 열었다. 그는 곧장 바닥의 잔해를 헤치고 난도질당한 침대 매트리스 위에 의식을 잃은 채 누워 있는 브라운을 향해 다가가 파트너의 눈 위에 부어오른 혹을 보았다. "아티?"라고 불러 보았지만 대답이 없자 즉시 전화기 쪽으로 갔다. 사환이 교환대 호출에 응답하기를 기다리고 있을 때, 브라운이 웅얼거리는 소리가 들렸다. "난 괜찮아."

"괜찮기는." 카렐라는 조바심하며 후크를 눌러 댔다.

"열 내지 마, 스티브. 괜찮으니까."

카렐라는 수화기를 도로 놓고 침대로 돌아와 침대 끝에 걸터앉았다. "구급차를 보내라고 해야겠어."

"한 주 동안 꼼짝도 못하게?"

"머리통의 혹이 꼭 머리통만 하다고."

"병원은 싫어."

"혼수상태는 좋고?"

"혼수상태 아니야. 내가 혼수상태 같아?"

"혹에 얹을 얼음 좀 가져오지. 원 세상에, 그게 혹이라니."

"트럭에 치인 기분이야."

카렐라는 다시 후크를 눌러 댔다. 사환이 받자 그가 말했다. "자는 거 깨웠소?"

"뭐요?"

"얼른 얼음 좀 갖다 줘요. 오백이 호요."

"룸서비스 끝났는데요."

"다시 시작해요. 경찰이오."

"지금 갑니다." 사환은 그렇게 말하고 전화를 끊었다.

"이렇게 추레한 곳을 골라 사는 사람들은 대체 뭐 하는 사람들인지 원." 카렐라가 말했다.

"그럴듯하게 위장하려고 애쓰는 사람들이겠지." 브라운은 미소를 지으려 노력했다. 잘 되지 않았다. 그는 고통으로 얼굴을 찌푸렸고 다시 눈을 감았다.

"그놈 얼굴은 봤어?" 카렐라가 물었다.

"보긴 했지만 스타킹을 뒤집어쓰고 있었어."

카렐라는 고개를 내저었다. "영화에서 얼굴에 스타킹을 뒤집어쓰는 게 나온 뒤로는 온통 스타킹 쓴 놈들뿐이로군." 그는 방 안을 둘러보았다. "방도 멋지게 해치웠는걸."

"근사하지."

"자넬 살려 둔 게 다행이야."

"죽일 이유가 없잖아? 날 노린 게 아니라 사진을 노린 건데."

"누구였을 것 같아, 아티?"

"내 파트너. 앨버트 와인버그."

문 두드리는 소리가 들렸다. 카렐라가 문을 열어 주러 갔다. 와이셔츠 차림의 사환이 얼음 조각을 가득 담은 수프 그릇을 들고 서 있었다. "이것 때문에 블록 위쪽에 있는 식당까지 갔다 왔어요." 그가 투덜거렸다.

"어이구, 정말 고맙네." 카렐라가 말했다.

사환은 계속 그 자리에 서 있었다. 카렐라는 주머니에서 15센트짜리 동전 하나를 꺼내 주었다.

"고맙군요." 사환은 둥한 목소리로 말했다.

카렐라는 문을 닫고 욕실로 가서 얼음 조각을 수건으로 감싼 다음 다시 브라운에게 왔다. "자, 혹 위에 얹으라고."

브라운은 고개를 끄덕이고 얼음주머니를 받아 들어 부어오른 눈에 갖다 대고는 다시 움찔했다.

"와인버그라는 건 어떻게 알아?"

"모르지. 확실히는."

"몸집이 크던가?"

"맞기 직전에는 다 커 보여."

"내 말은 놈을 제대로 봤냐는 거야."

"아니. 워낙……."

"……순식간에 벌어진 일이라고." 스티브 카렐라가 말을 받았고, 둘은 웃었다. 브라운은 다시 움찔했다. "그럼 왜 와인버그라고 생각하는데?"

"오늘 밤에 놈과 통화했어." 브라운이 말했다. "소득이 있다고 했거든."

"그 밖에 얘기한 사람은?"

"어빙 크러치."

"그럼 크러치일 수도 있겠군."

"아무렴. 캐롤라인일 수도 있고. 캐롤라인이랑도 얘기했거든."

"마누라가 둔기를 잘 다루나?"

"누구 못지않을걸."

"눈은 어때?"

"죽겠어."

"아무래도 구급차를 부르는 게 좋겠군."

"아니, 부르지 마." 브라운이 말했다. "우린 할 일이 있잖아."

"이 도시에 경찰이 자네만 있는 게 아냐."

"오늘 밤 이 방에서 두들겨 맞은 경찰은 나뿐이지."

카렐라는 한숨을 내쉬었다. "어쨌든 한 가지는 다행이군."

"뭐가?"

"놈이 노리던 걸 찾지 못했다는 거. 그건 내 책상 서랍에 있으니까."

브라운의 반대를 무릅쓰고 결정이 내려졌다(사실 브라운은 반대만 했고 모든 결정은 카렐라가 내렸다). 그는 열두 블록 떨어진 성캐서린 병원으로 실려 가 응급실에서 검사와 치료를 받았다. 카렐라는 계속 툴툴대면서 오전 2시에 병원을 나서 택시를 잡아타고 노스 콜먼가에 있는 와인버그의 아파트로 향했다. 새벽 이 무렵에는 달의 풍경처럼 황량한 동네였다. 이 거리에서 집주인에게 버림받지 않은 건물이라고는 와인버그가 사는 하숙집뿐이었다. 건물로 먹고살던 동네 장사꾼들께서는 시 법률을 준수하며 건물을 유지하기에는 비용이 너무 많이 든다는 판단을 내렸다. 또한 이 건실한 사업가들께서는 아무도 그런 애물단지를 사고 싶어 하지 않는다는 사실도 깨달았다. 그리하여 이 수완가들께서는 그냥 내빼는 쪽을 선택했고, 줄줄이 무너져 가는 다세대주택을 도시에 주는 선물로 남겨 두었다. 운도 좋은 도시다.

한때는, 그리 오래지 않은 과거에는, 히피며 가출 청소년들이 단체로 이곳 건물들에 들어와서 전면 벽돌 벽에다가 색색의 꽃무늬도 그려 넣고 바닥을 뒤덮은 매트리스 위에서 잠도 자고 환각제도 복용하면서 코뮌 스타일의 행복하고 속 편한 삶을 영위하던 시절도 있었다. 그 전부터 이 무너져 가는 빈민가에 살고 있던 사람들은 이 도시가 일부 시민들을 상대로 세워 놓은 언어적, 인종적 장벽 때문에 어쩔 수 없이 이곳에 살게 된 사람들이었기 때문에 자기 의지와 선택에 따라 이곳에 와서 살고자 하는 이들이 존재한다는 사실을 도무지 이해할 수 없었다. 하지만 그들도 상대가 손쉬운 먹잇감이라는 사실만은 알았다. 히피와 가출 청소년들과 속 편하고 행복한 코뮌 거주자들은 자연을 벗 삼아 사는 사람들인지라 전화기를 필요로 하지 않았다. 그들에게 벨 선생의 발명품이 필요할 유일한 때가 있었다면 떨쳐 일어난 게토 토박이들이 아파트로 몰려들어 남자는 두들겨 패고 여자는 강간하고 전당포에 팔아먹을 물건이라면 사소한 소지품 하나까지 죄다 강탈해 간 그때였을 것이다. 주먹이 입을 박살 내고 옆방 매트리스 위에서 여자 비명 소리가 들리는 가운데 '사랑'이라는 단어를 반복한다는 게 점점 더 어려워지자 히피와 가출 청소년들은 어쩌면 이 황무지가 자신들과는 맞지 않는지도 모르겠다고 판단했다. 게토 주민들로서는 자신들을 이런 환경으로 쫓아낸 사회에 반격을 가한답시고 한 일이었지만, 그들은 정작 자신들이 괴롭히는 사람들 또한 이런 게토가 존재하도록 내버려 둔, 바로 그 사회로부터 떨어져 나온 사람들이라는 사실은 좀처럼 깨닫지 못했다. 불과 다섯 블록 떨어진 곳에 위치한 렘브란트라는 인기 디스코텍에서 로큰롤 음악이 울려 퍼지는 가운데 동그란 금속판 장식을 단 슬랙스를 입은 숙녀들과 무용화를 신은 사내들이 밤새도록 웃음을 터뜨리고 있는 동안 가난한 사람들이 가난한 사람들을 두들겨 패고 있는 꼴이었다. 오늘날 히피들은 사라졌고, 건물 전면의 꽃무늬도 햇빛에 바래거나 비에 씻겨 나갔다. 빈민가 거주민들은 분란 많던 자기네 영역을 되찾았고, 이제 그들의 적은 버려진 다세대 주택의 껍데기 속을 돌아다니는 쥐들뿐이었다.

와인버그의 하숙집이 있는 거리는 핵폭탄이라도 맞은 듯했다. 초라한 자존심을 내세우며 블록 한가운데에 서 있는 건물 2층에 불 하나가 들어와 있었다. 불빛이 흘러나오는 곳만 빼면 칙칙한 외양은 어둠에 묻혀 있었다. 카렐라는 계단을 쏘다니는 쥐들을 무시하려 애쓰면서 목덜미의 털이 곤두선 가운데 꼭대기 층까지 올라갔다. 그는 4층에 이르러 성냥을 켰고, 복도 끝에서 4C 호실을 발견한 다음 문에 귀를 대고 소리를 들었다. 경찰의 작업 방식에 익숙하지 않은 평범한 행인이 본다면—아무렴, 새벽 2시에 어두컴컴한 층계참을 쏘다니는 행인이 얼마나 많겠는가— 카렐라가 남의 집을 엿듣는 사람이라고 생각할 법한 광경이었는데, 실은 그가 바로 그 일을 하고 있었다. 하지만 오랫동안 경찰에 몸담아 온 그의 기억에 따르면, 안에 범죄자가 있을지도 모를 집의 문을 두드리기 전에 먼저 귀를 기울여 보지 않았던 사례는 단 한 번도 없었다. 그는 5분 동안 귀를 기울여 아무 소리도 나지 않음을 확인한 다음에야 문을 두드렸다.

대답이 없었다.

와인버그를 경찰 신분으로는 만나지 않기로 브라운과 미리 말을 맞춰 둔 참이었다. 그 대신 브라운이 암시했던 '친구' 중 한 명인 척하고 와인버그가 저질렀을지도 모를 폭행을 갚아 주러 왔다는 명분을 내세우기로 했다. 여기서 유일한 문제는 아무도 문을 열어 주지 않는다는 것이었다. 카렐라는 다시 문을 두드렸다. 와인버그는 브라운에게 버번 한 병을 해치울 셈이라고 말한 바 있다. 놈이 셀비 암스로 가서 브라운을 걷어차고 방을 뒤진 다음 다시 이곳으로 돌아와 아늑한 보금자리에서 축배를 든다는 게 가능한 일일까? 카렐라는 세 번째에는 문을 쾅쾅 쳐 댔다.

복도 맞은편 문이 열렸다.

"누구세요?" 여자의 목소리였다.

"앨의 친구요." 카렐라가 대답했다.

"한밤중에 문을 두들겨 대다니, 뭐 하는 짓이에요?"

"이 친구랑 볼일이 있어서." 층계참은 어두웠고, 여자의 아파트에서는 아무런 불빛도 흘러나오지 않았다. 그는 어둑한 가운데 그녀를 보려고 눈을 찌푸려 보았지만 하얀 나이트가운인지 하얀 로브인지를 입고 문간에 나타난 희미한 형체밖에 보이지 않았다.

"아마 자는 거겠죠. 이 집 다른 사람들처럼."

"그럼 아가씨도 가서 잠이나 자지?"

"양아치 새끼." 대꾸는 그렇게 했지만 여자는 문을 닫았다. 카렐라는 자물쇠가 철컥하는 소리를 들었고, 다시 폭스식 자물쇠의 묵직한 빗장이 문과 맞물려 들어가며 집 안 바닥에 나사로 박혀 있는 강철판 안에 단단히 파고드는 소리를 들었다. 그는 주머니에 손을 넣어 만년필형 손전등을 꺼내서 와인버그의 자물쇠를 비춘 다음 열쇠 뭉치를 꺼냈다. 여섯 번째 열쇠에 문이 열렸다. 그는 열쇠를 자물쇠에서 빼내고 열쇠 뭉치를 주머니에 넣은 다음 살짝 문을 열어 아파트 안으로 들어가 등 뒤로 가만히 문을 닫고 서서 어둠 속에서 조용히 숨을 골랐다.

방 안은 층계참만큼이나 어두컴컴했다.

왼쪽 어딘가에서 수돗물이 싱크대에 떨어지고 있었다. 바깥의 거리에서는 소방차 사이렌 소리가 밤을 꿰뚫으며 울부짖었다. 카렐라는 귀를 기울였다. 보이는 것도 없었고 들리는 것도 없었다. 그는 손전등 앞을 손으로 가려 몇십 센티미터 앞까지만 빛이 비치도록 한 다음 방을 돌아다니면서 의자와 소파, 텔레비전의 위치를 간신히 파악했다. 방 저편에 닫힌 문이 하나 있었는데 아마도 침실로 통하는 문인 듯했다. 그는 손전등을 끄고 한동안 소리 없이 가만히 선 채로 눈이 어둠에 적응하기를 기다렸다가 다시 침실 문 쪽으로 향했다. 채 네 발짝도 옮기기 전에 무언가에 걸려 앞으로 넘어졌고, 쓰러지지 않기 위해 즉시 두 손을 내뻗었다. 오른손이 물컹한 무언가에 손목까지 파고들었다. 그는 부리나케 손을 뺀 후 왼손으로 손전등을 켰다. 커다랗게 뜬 앨버트 와인버그의 눈이 보였다. 물컹한 무언가는 와인버그의 가슴에 난 커다란 피범벅 구멍이었다.

카렐라는 일어서서 불을 켜고 부엌 곁의 작은 욕실로 갔다. 불을 켜자 바퀴벌레 떼가 부리나케 숨었다. 카렐라는 구역질을 참으며 피 묻은 오른손을 씻어 내고 세면대 위 수건걸이에 걸린 더러운 수건으로 손을 닦은 후 다른 방으로 가 서에 전화를 걸었다. 5분쯤 후 무전기 딸린 순찰차가 도착했다. 카렐라는 순찰 경관에게 상황을 전달한 다음 곧 다시 오겠다고 말하고 도시를 가로질러 시 외곽에 있는 크러치의 아파트로 향했다. 도착했을 때는 오전 3시 15분, 날이 밝기 두 시간 반 전이었다.

크러치는 카렐라의 이름을 듣자마자 문을 열었다. 파자마 차림에 머리카락은 헝클어져 있었고 심지어 콧수염마저도 곤히 자다가 갑자기 깬 듯한 모양이었다.

"무슨 일입니까?" 그가 물었다.

"질문 몇 가지만 합시다, 크러치 씨." 카렐라가 말했다.

"새벽 세 시에요?"

"우리 둘 다 깨어 있잖소?"

"저는 이 분 전에는 아니었는데요. 게다가……,"

"오래 걸리진 않을 거요. 오늘 밤에 아서 브라운과 통화했소?"

"했죠. 왜요? 무슨……?"

"언제?"

"그때가 분명…… 여덟 시였나? 여덟 시 반? 정확히는 모르겠습니다."

"무슨 이야기를 했소, 크러치 씨?"

"브라운 형사님께서 에르바흐의 아파트에서 사진 조각을 찾았다고 말씀해 주셨고, 앨버트 와인버그에게서도 다른 조각을 얻어 냈다고 하시더군요. 전 내일 아침에 그 조각들을 보러 형사실에 갈 참이었습니다. 안 그래도 카렐라 형사님께서 사진을 보여 주시기로 돼 있었죠."

"하지만 기다리질 못하셨군?"
"기다리질 못하다니, 그게 무슨……."
"브라운이랑 통화한 다음엔 어딜 갔소?"
"밖에 저녁 먹으러요."
"어디로?"
"램스 헤드요. 제퍼슨 가 칠백칠십칠 번지 꼭대기 층입니다."
"동행이 있었소?"
"있습니다."
"누구?"
"친구요."
"남자요, 여자요?"
"여잡니다."
"식당을 나온 시각은?"
"아마 열 시 삼십 분쯤이었을 겁니다."
"그다음에는 어딜 갔소?"
"산책했습니다. 홀 가를 따라 윈도쇼핑을 했죠. 밤공기도 좋았고……."
"자정 즈음엔?"
"여기에요."

"혼자?"

"아니요."

"여자도 당신이랑 같이 왔소?"

"네."

"그 여자랑 언제부터 언제까지 같이 있었소?"

"여덟 시인가 언젠가, 하여튼 브라운 형사님께서 전화하셨을 때도 여기 있었습니다." 크러치는 잠시 뜸을 들였다. "지금도 여기 있고요."

"어디에?"

"침대에요."

"깨워요."

"왜요?"

"한 사람이 폭행당했고 또 한 사람은 살해당했거든." 카렐라가 말했다. "여자에게도 당신이 어디 있었는지, 언제 뭘 했는지 들어봐야겠소. 괜찮겠지?"

"누가 살해당한 겁니까?" 크러치가 물었다.

"폭행당한 사람은 누구인지 안다는 투로군." 카렐라가 잽싸게 대꾸했다.

"아뇨. 모릅니다."

"그럼 왜 누가 살해당했는지만 묻지? 누가 두들겨 맞았는지는 관심 없으신가?"

"전……." 크러치는 잠시 머뭇거렸다. "그 사람을 깨워 오죠. 얘길 들어 보시면 다 정리될 겁니다."

"그러길 바라지."

크러치는 침실로 들어갔다. 닫힌 문 너머로 목소리가 들려왔다. 침대 스프링이 끼익거렸다. 발소리가 들렸다. 문이 다시 열렸다. 여자는 젊었고 긴 금발 머리가 등을 따라 흘러내렸으며 크게 뜬 갈색 눈은 겁에 질려 있었다. 남성용 목욕 가운을 입고 허리를 단단히 묶은 차림이었다. 손이 환각 상태에 빠진 나비처럼 퍼덕거렸다.

"이쪽은 카렐라 형사님." 크러치가 말했다. "알고 싶으신 게……."

"질문은 내가 하지." 카렐라가 말했다. "성함이 어떻게 되시죠?"

"수…… 수…… 수지요." 여자가 말했다.

"수지 뭐죠?"

"수지 엔디콧요."

"오늘 밤 언제 여기에 오셨습니까, 엔디콧 양?"

"대충…… 일곱 시 삼십 분쯤이오. 일곱 시 삼십 분 아니었어, 어빙?"

"그쯤 됐지." 크러치가 말했다.

"저녁 드시러 나간 건 언제입니까, 엔디콧 양?"

"여덟 시인가 여덟 시 삼십 분경이오."

"어디서 식사하셨죠?"

"램스 헤드요."

"그다음 어디에 가셨습니까?"

"조금 걷다가 다시 여기로 왔어요."

"그때는 언제였죠?"

"아마 열한 시쯤 왔을 거예요."

"그때부터 계속 여기 계셨습니까?"

"네."

"일곱 시 반부터 지금까지 크러치 씨께서 잠깐이라도 자리를 비우신 적이 있습니까?"

"네, 식당에서 화장실에 갔을 때요."

"만족하십니까?" 크러치가 물었다.

"만족해서 죽을 지경이오." 카렐라가 대꾸했다. "시간표에 익숙하시오, 크러치 씨?"

"무슨 소립니까? 기차 시간표 얘긴가요?"

"아니, 조사용 시간표 말이오. 보험조사원이시니까 아마……."

"무슨 말씀이신지 잘 모르겠군요."

"시간표를 작성해 줬으면 하는데. 오후 여섯 시부터 지금까지 당신이 한 모든 일과 정확한 시각을 적어 주시오." 카렐라는 그렇게 말하고 잠시 말을 멈추었다가 덧붙였다. "기다리지."

7

 수사진의 손을 잡아끄는 데에는 살인 사건만 한 게 없다. 아니, 이 경우에는 손을 잡아끈다기보다도 가슴을 떠민다고 하는 편이 더 적절할지 모르겠다. 앨버트 와인버그는 지근거리에서 32구경 권총으로 가슴을 맞았으니 말이다. 그의 죽음으로 인해 브라운은 좀 더 차도를 지켜봐야 하므로 바지는 내줄 수 없다며 완강히 버티는 병원 인턴과 열띤 말다툼을 벌여야 했다. 브라운이 카렐라에게 연락을 취하자 카렐라는 파트너에게 바지 한 벌과 깨끗한 셔츠, 그리고 자신의 여분용 총을 가져다주었다. 브라운이 옷을 입는 동안 두 사람은 재빨리 회의를 거쳤고, 카렐라가 캄스 포인트에서 죽은 카마인 보나미코의 처형인 루치아 페로글리오와 이탈리아어로 대화를 나눠 보는 동안 브라운은 아마도 일요일에는 문을 열지 않을 퍼거슨 갤러리에 어떻게든 들어가서(불법이지만, 알 게 뭔가) 안을 둘러보기로 결정했다. 브라운이 바지 지퍼를 올리고 있을 때 간호사가 들어왔다.

"지금 침대 밖에서 뭐 하시는 거예요?" 그녀가 물었다.

"같이 누워 주신다면 다시 들어가죠." 브라운이 호색한처럼 이를 드러내며 웃자 간호사는 인턴을 부르며 복도를 달려가 버렸다. 인턴이 병실에 도착했을 무렵, 형사들은 아래층 메인 로비에서 추후 다시 접선할 계획을 세우고 있었다. 그들은 서로를 향해 가볍게 고개를 끄덕여 보인 다음 각자의 즐거움을 찾아 6월의 햇빛 아래로 나섰다.

스티브 카렐라의 즐거움은 캄스 포인트 인허스트 대로의 성령교회에 있었다. 그는 먼저 루치아 페로글리오가 사는, 정원이 딸린 아파트에 들러 그녀의 이웃에게서 그녀가 매주 일요일 아침에는 9시 미사에 간다는 정보를 입수했다. 아직 미사가 진행 중인 교회에 당도한 그는 교회지기에게 루치아 페로글리오를 아느냐고 묻고 미사가 끝나고 나면 그녀가 누구인지 가리켜 달라고 부탁했다. 교회지기가 영어를 전혀 알아듣지 못하는 듯한 기색을 보이자 카렐라는 나르텍스교회 본당 입구에 있는 홀에 있는 상자에 5달러를 집어넣었다. 그러자 교회지기는 루치아 페로글리오를 아주 잘 안다면서 그녀가 교회를 나설 때 누구인지 기꺼이 알려 주겠노라고 말했다.

루치아는 분명 젊은 시절에는 미인이었을 터였다. 카렐라는 그녀가 어쩌다가, 왜 독신으로 남았는지 도무지 이해할 수 없었다. 이제

70대가 됐는데도 그녀는 여전히 허리를 펴고 도도하게 걸었다. 눈처럼 하얀 머리카락에 고대 로마 귀족을 떠올리게 하는 몸매, 매부리코, 육감적인 입, 높은 이마에 눈은 아몬드 모양이었다. 그녀가 햇빛이 내리쬐는 넓은 계단 위로 나오자 교회지기가 고갯짓을 해 보였다. 카렐라는 즉시 그녀 곁으로 다가가 말했다. "스쿠시, 세뇨리타 페로글리오실례합니다. 페로글리오 양이신가요?"

여자는 희미한 미소를 입가에 띠며 그를 돌아보았다. 가벼운 호기심 때문에 눈썹은 위로 치켜 올라가 있었다. "시, 체 코사그런데요, 무슨 일이시죠?" 그녀가 물었다.

"미 치아모 스티브 카렐라저는 스티브 카렐라고 합니다." 그가 대답했다. "소노 운 아젠테 인베스티가티보, 달 디스트레토 오탄타 세테팔십칠 분서에서 근무하는 형사입니다." 그는 지갑을 펼쳐 그녀에게 형사 배지를 보여주었다.

"시, 체 부올레그렇군요. 뭘 원하시죠?" 루치아가 이탈리아어로 물은 뒤 다시 영어로 물었다. "뭘 원하시죠?"

"포시아모 파르라레?" 카렐라도 마찬가지 방식으로 물었다. "얘기 좀 할 수 있을까요?"

"체르토물론이에요." 둘은 함께 교회를 뒤로하고 걷기 시작했다.

루치아는 경찰과 대화를 나눈다는 데에 아무런 거부감도 보이지 않았다. 그녀는 친절했고 숨김이 없었으며 협조적이었고, 카렐라가 부분적으로만 알아들을 수 있는 시칠리아 방언을 사용했으며 동생에게서 물려받은 사진 조각에 관해 아는 걸 전부 말해 주겠다고 했다. 하지만 알고 보니 그녀는 사진 조각에 관해 아는 게 없었다.

"이해가 안 되는데요." 카렐라는 이탈리아어로 말했다. "보험조사원에게는 완성된 사진에 보물의 위치가 담겨 있다고 말씀하시지 않으셨습니까?"

"마 체 테소로?" 루치아가 물었다. "무슨 보물이오?"

"보물 말입니다." 카렐라가 되풀이했다. "크루치 씨에게 보물에 관해 말씀하시지 않았나요? 명단과 사진을 주셨을 때요."

"난 보물 같은 건 몰라요." 루치아가 말했다. "그리고 명단이라뇨? 그 사람에겐 사진 조각만 줬는데."

"이름이 적힌 목록을 주지 않으셨다고요?"

"네. 크루치 씨도 약속했던 천 달러를 주지 않았고요. 아시는 분인가요?"

"네, 압니다."

"그럼 그분께 돈을 보내 달라고 말씀 좀 해 주시겠어요? 사진도 줬으니 대가를 바라는 건 당연하잖아요. 난 부유한 여자가 아니에요."

"정리 좀 해 보죠, 페로글리오 양." 카렐라가 말했다. "크루치 씨에게 명단을 주시지 않았단 말씀이시죠?"

"그런 적 없어요. 마이. 절대로."

"크루치 씨에게 보물 이야기도 하신 적 없고요?"

"알지도 못하는 걸 어떻게 말하겠어요?" 그녀는 갑자기 그를 향해 몸을 돌리더니 70대 여성치고는 퍽 유혹적이면서도 온화한 미소를 지어 보였다. "보물이 있는 건가요, 세뇨르?" 그녀가 물었다.

"하느님만이 아시겠죠, 세뇨리타." 카렐라는 그렇게 답하며 미소를 돌려주었다.

세상에서 가장 뛰어난 빈집털이는 경찰이다.

통용되는 경보 장치에는 세 가지 종류가 있는데, 퍼거슨 갤러리의 뒷문에 장착된 것은 폐쇄회로 타입이었다. 다시 말해 싸구려 경보 장치들이 그렇듯 전선만 자른다고 해서 기능이 상실되지는 않는다는 뜻이다. 폐쇄회로 타입 경보 장치의 전선에는 미약한 전류가 끊임없이 흐르고 있다. 선을 잘라 전류가 끊기면 경보가 울린다. 그래서 아서 브라운은 전선들끼리 서로 연결하여 전류가 유지되도록 한 다음 셀룰로이드 조각으로 문을 열었다. 그렇게 간단한 일이었고 10분도 채 걸리지 않았다. 밝은 대낮에 말이다.

텅 빈 갤러리에는 적막이 흐르고 있었다.

제퍼슨 가와 맞닿은 넓은 유리창을 통해 햇빛이 비스듬히 쏟아져 들어왔다. 티끌 하나 없는 하얀 벽들도 침묵을 지켰다. 벽에 걸린 화려한 그림들만이 비명을 질러 대고 있었다. 브라운은 즉시 저편 벽에 있는 파란 문으로 다가가 문을 열고 브램리 칸의 사무실로 들어섰다.

그는 칸의 책상에서부터 수색을 시작했다. 작가들과 주고받은 편지, 후원자들에게 보내는 편지, 8월에 열릴 개인전을 알리는 안내 책자의 초안, 칸이 기억을 상기하기 위해 적어둔 메모, 필라델피아의 한 박물관에서 보낸 편지, 뉴욕 구겐하임 박물관에서 보낸 편지, 『O 이야기』프랑스 작가 폴린 레아주가 쓴, O라는 여인의 마조히즘 체험을 탐구한 성애 소설 하드커버판(처음 몇 장을 훑어보던 브라운은 그 내용에 빠져 자신이 이곳에 온 이유를 잊어버릴 뻔했다), 빨간 연필과 파란 연필이 가득 든 필통, 맨 아래 서랍에서는 잠겨 있는 금속제 현금 보관함과—32구경 스미스 앤드 웨슨을 발견했다. 브라운은 손수건으로 리볼버를 감싼 다음 개머리를 잡고 들어 올려 총구의 냄새를 맡아 보았다. 이제는 고인이 된 파트너, 앨버트 와인버그를 살해한 것도 32구경이기는 했지만 이 총은 최근에 발사된 것 같지는 않았다. 브라운은 탄창을 꺼내 보았다. 약실당 하나씩 총 여섯 개의 탄환이 들어 있었다. 탄창을 닫고 총을 도로 서랍에 넣은 다음 현금 보관함을 조사하려는 순간 전화가 울렸다. 그는 스티브가 빌려 준 바지에서 거의 튀어나올 뻔했다. 전화가 한 번, 두 번, 또, 또, 또 울리더니 갑자기 멎었다.

브라운은 계속해서 전화를 바라보았다.

전화가 다시 울리기 시작했다. 여덟 번 울렸다. 그러고는 다시 멎었다.

브라운은 기다렸다.

전화는 다시 울리지 않았다.

그는 맨 아래 서랍에서 회색 금속 현금 보관함을 꺼내 올렸다. 간단한 자물쇠가 달려 있었다. 그는 30초 만에 현금 보관함을 열었다. 현금은 하나도 없었다. 칸과 제럴딘 퍼거슨의 동업 동의서, **IBM** 주식 **2백** 주에 대한 증명서, 칸의 유언장, 액면가 **50**달러짜리 미합중국 저축채권, 그리고 작고 표시도 없고 봉하지도 않은 흰 봉투가 나왔다.

브라운은 봉투를 열었다. 안에는 하얀 종이가 한 장 들어 있었다.

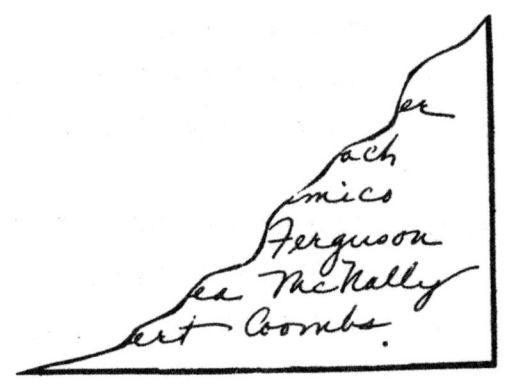

카마인 보나미코가 얼마나 형편없는 은행 강도였는지는 몰라도 종이 인형 자르는 솜씨 하나는 훌륭했던 게 틀림없었다. 이게 크러치가 형사실에 갖다 준 명단의 나머지 반쪽이 아니었다면 브라운은 명단, 사진 조각, 『O 이야기』 첫 챕터, 그리고 O까지도 씹어 먹을 참이었다. 그는 재빨리 이름을 수첩에 적은 뒤 명단 조각을 도로 봉투에 넣고, 봉투를 비롯한 모든 것을 현금 보관함에 넣고 잠근 다음 책상 맨 아래 서랍에 다시 넣었다. 반대편 벽에 걸린 누드화가 시선을 사로잡았다. 그는 그쪽으로 다가가 액자 한 귀퉁이를 들고 뒤를 들여다보고 두 손을 뻗어 묵직한 그림을 벽에서 떼어 냈다. 뒤쪽에 작은 검은색 금고가 있었다. 브라운은 금고나 번호 자물쇠를 사용하는 사람들이 다이얼을 마지막 숫자에서 왼쪽이나 오른쪽으로 한두 눈금 옆에 두는 경우가 잦다는 사실을 알고 있었다. 그렇게 해두면 매번 지루한 절차를 거칠 필요 없이 다이얼을 한 번만 돌리면 되므로 문을 자주 여닫기에 편하기 때문이다. 그가 다이얼을 원래 자리에서 한 눈금 왼쪽으로 돌렸을 때 갤러리 뒷문이 열리는 소리가 들렸다. 브라운은 잽싸게 칸의 사무실 문 뒤로 들어간 다음 재킷 앞섶을 젖혔다.

카렐라에게서 빌린 38구경의 개머리가 허리춤의 총집에서 튀어나와 있었다. 그는 총을 뽑아 들고 가만히 서서 하얀 타일 바닥을 터벅터벅 가로질러 칸의 사무실로 다가오는 발소리에 귀를 기울였다. 열린 문 바로 바깥쪽에서 발소리가 멈췄다. 브라운은 숨을 멈췄다. 문간에 다다른 상대의 그림자가 방 안으로 들어와 회색 깔개 위를 가로질렀다. 브라운은 상대가 브램리 칸은 아니기를 바랐다. 무단침입은 무단침입이었고, 브라운은 시 당국을 상대로 하는 소송에 걸리는 건 원치 않았다. 경찰 옷을 벗고 싶지도 않았다. 브라운은 자신이 탈출했던 게토로 다시 돌아가 질식하고 싶지 않았다.

맨 처음 눈에 들어온 것은 양 끝이 올라간 짙은 콧수염과 반짝이는 푸른 눈이었다.

"안녕하시오, 크러치." 브라운이 말했다.

어빙 크러치가 몸을 홱 돌렸다.

"여." 그가 말했다. "안녕하세요."

"뒷문에 붙은 스티커 못 보셨나? '본 부지에는 버클리 경보 장치가 설치돼 있습니다'라던데."

"배선을 만져서 전선들끼리 교차하게 해 뒀죠."

"나도 그랬는데. 십 분 전에 전화한 사람이 당신이었나?"

"네. 아무도 없는지 확인하려고요."

"실은 누가 있었지."

"보아하니 그렇군요."

"뭘 찾으러 온 거요, 크러치?"

"형사님과 같습니다. 같은 편이라는 거 기억 안 나세요?"

"난 당신이 우리한테 맡긴 줄 알았는데."

"일손이 필요하실지도 모르겠다고 생각했거든요."

브라운은 총을 총집에 넣고 다시 안전장치를 걸었다. 금고 다이얼을 왼쪽으로 한 눈금, 다시 두 눈금, 그리고 세 눈금 옮겨 가며 매번 열려고 해 보았지만 아무런 소득도 없었다. 오른쪽으로도 같은 방법을 적용해 보았으나 역시 아무런 일도 일어나지 않자 브라운은 크러치를 돌아보며 말했다. "정말 손이 필요하겠군. 이 그림 한쪽 끝을 잡으시오."

"뭔가 찾으셨습니까?" 크러치가 물었다.

브라운은 망설였다. "아니."

그들은 그림을 들어 올려 원래 있던 자리에 걸었다. 브라운은 뒤로 물러났다가 다시 벽으로 다가가 액자 한 귀퉁이를 바로잡았다.

"반대쪽으로 조금만 움직이세요." 크러치가 말했다.

"이러면?"

"이제 됐네요."

"그럼 갑시다."

"금고 안에 뭐가 있는지 알고 싶은데."

"나도 마찬가지요. 짐작 가는 거라도?"

"작은 사진 조각이 있겠죠."

"금고털이 실력은 어떠신지?"

"형편없어요."

"나도 그렇소. 갑시다."

"어디로 갈까요?"

"당신은 경보 장치 전선이나 고치시오. 난 제럴딘 퍼거슨을 만나러 갈 테니."

"전선을 고치라고요? 그러다 걸리면 체포당한다고요."

"어차피 내가 당신을 체포할지도 모르지." 브라운이 말했다. "당신이 여기 있는 건 불법이니까."

"형사님도 마찬가지죠."

"난 비번 중에 돌아다녔을 뿐이오. 근처를 어슬렁거리다가 뒷문이 열려 있는 것을 보고 들어왔고, 절도가 진행 중인 것을 발견한 거지."

"전 형사님 파트너라고요." 크러치가 항변했다.

"나한테 파트너가 한 사람 더 있었지. 앨버트 와인버그라고. 지금은 시내에 있는 냉동실에서 차갑게 식어 가고 있을걸."

"전 그 일과는 아무런 상관도 없어요."

"누가 상관있답디까?"

"카렐라 형사님이오."

"의심 많은 친구라 그냥 한 소리인지도 모르지."

"형사님은 어떠십니까? 어떻게 생각하세요?"

"난 당신이 일곱 시 반부터 카렐라가 방문한 시각까지 수지 엔디콧라는 이름의 아가씨와 함께 있었을 거라고 생각하는데. 카렐라에게 그렇게 말하지 않았소?"

"네."

"그렇다면 내가 당신을 의심할 이유라도 있소?"

"이봐요, 브라운……,"

"보고 있소."

"난 NSLA가 잃어버린 돈을 찾고 싶습니다. 찾고 싶은 마음이 간절하죠. 하지만 그것 때문에 사람을 죽일 정도로 간절하진 않습니다. 무슨 일이 됐든 그 정도는 아닙니다. 제 경력이 걸린 일이라고 해도요."

"알았소."

"그냥 그것만은 분명히 해 두자 이겁니다."

"분명히 했소." 브라운이 말했다. "그러니까 이제 얼른 여기서 튑시다."

제럴딘 퍼거슨은 파자마 차림으로 문을 열었다.

"망할." 그녀가 말했다.

"그래요, 퍼거슨 양." 브라운이 말했다. "짭새가 납셨답니다."

"인정하시는군요." 그녀는 놀랐다는 듯 말하고는 미소를 지어 보였다. "들어오세요. 전 정직한 사람을 존중한답니다."

거실의 생김새는 갤러리 별관과 비슷했다. 하얀 벽, 밝지 않은 색조의 가구, 빛깔을 찬란히 뿜어내는 거대한 캔버스들, 받침대 위에 놓인 뒤틀린 형상의 조각들까지. 제리는 무희처럼 몸을 흔들며 깔개 위를 가로질렀다. 탄탄하고 아담한 엉덩이가 파란 실크 파자마 안에서 씰룩였고, 포니테일로 묶은 검은 머리카락은 어깨뼈 사이에서 출렁였다.

"한잔하시겠어요?" 그녀가 물었다. "너무 이른가?"

"한 시가 다 됐는걸요." 브라운이 말했다.

"그럼 말씀만 하세요."

"근무 중이라서요."

"그래서 뭐요? 이런 표현은 실례지만 경찰이 언제부터 그렇게 백옥처럼 깨끗했다고 그러세요?"

"전 일할 때는 맑은 정신을 유지하는 편이라서요."

"알았어요, 맑은 정신 유지하세요." 제리는 어깨를 으쓱했다. "그래도 괜찮으시다면 난 한잔할래요. 일요일은 너무 지겹거든요. 한 번은 하도 할 일이 없어서 만화책이랑 마틴 레빈 책을 읽은 적도 있다니까요."

"마틴 레빈이 누굽니까?"

제리는 검은 선이 삐죽삐죽 이리저리 그어진 하얀 캔버스가 걸려 있는 바로 다가갔다. 그녀는 얼음을 담은 작은 잔에다 버번을 아낌없이 따른 다음 잔을 들어 보였다. "인종 관계의 향상을 위해 건배." 그녀는 잔 너머로 그를 찬찬히 살피며 술을 마셨다.

"퍼거슨 양……."

"제리요." 그녀가 정정했다.

"제리, 어젯밤 한 사람이 살해당했······."

"누가요?" 그녀는 즉시 반응하면서 잔을 바 위에 올려놓았다.

"당신을 여러 번 방문했던 사람이오. 자기를 앨 레이놀즈라고 밝혔던 사람 말입니다. 앨 랜돌프였거나."

"진짜 이름은 뭐였어요?"

"앨버트 와인버그요." 브라운은 잠시 말을 멈추었다. "들어 본 적 있습니까?"

"아뇨." 제리는 그렇게 말하고 다시 잔을 들었다. "당신 진짜 이름은 뭐예요?"

"아서 브라운이오."

"농담이겠죠." 그녀는 미소 지었다.

"아니, 정말입니다. 팔십칠 분서 소속 이급 형사입니다. 배지를 보겠어요?"

"뭐 하러요?"

"신분을 확인해야죠."

"난 뭐든지 해야 하는 건 다 싫어요."

7 조각맞추기 131

"수요일 밤에……,"

"왜 갑자기 수요일로 돌아가는 거죠?"

"제가 말을 꺼냈으니까요." 브라운은 참을성 있게 말했다. "수요일 밤에, 두 남자가 격투를 벌이다 서로를 살해했……,"

"누가요?"

"그건 중요하지 않아요, 제리. 중요한 건 그중 한 사람이 손에 사진 조각을 쥐고 있었다는……,"

"또 그 이야기예요? 이미 말했지만……,"

"퍼거슨 양." 브라운이 말했다. "제가 드릴 질문은 살인과 무장강도에 관련된 겁니다. 되도록이면 이렇게 마음 편한 환경에서 질문하고 싶습니다만 시내에 있는 형사실로 가서 하는 것도 그리 어려운 일은 아닙니다."

"협박하는 거예요?"

"아니요, 현재 상황을 현실적으로 검토해 본 겁니다."

"친절하게 술까지 권했더니." 제리는 그렇게 말하고는 미소 지었다. "계속하세요. 입 다물고 있죠."

"고맙습니다. 저희에게는 죽은 사람의 손에서 나온 사진 조각이 육 년 전 국립저축대부조합에서 훔친 돈의 행방을 담고 있는 더 큰 사진의 일부라고 믿을 만한 이유가 있습니다. 또한 당신이 그 사진의 다른 조각을 갖고 있다고 믿을 만한 이유도 있고, 그 사진 조각을 원합니다. 그렇게 간단한 얘깁니다."

"왜 정체를 드러낸 거죠, 아서?" 그녀가 물었다. "왜 위장을 포기한 거예요? 또 다른 사람이 살해당할까 봐 두려웠나요?"

"그럴지도 모르죠."

"나 말인가요?"

"그럴지도 모릅니다. 사진 조각을 갖고 있는 사람들은 모두 위험합니다. 당신의 안전을 위해서……."

"지랄." 제리가 말했다.

"뭐라고요?"

"경찰이 다른 사람 안전을 염려해 준다는 걸 믿느니……." 그녀는 잔을 바 위에 쾅 하고 내려놓았다. "누굴 바보로 알아요, 아서?"

"퍼거슨 양, 무슨 말씀이신지……."

"그리고 확실히 해요! 퍼거슨 양이든 제리든 둘 중 하나만 하라고요. 둘 다는 안 되니까."

"그럼 퍼거슨 양으로 하겠습니다."

"왜죠? 내가 무섭다든가 그런 건가요? 힘세고 건장한 슈퍼스페이드가 조막만 한 아가씨 하나를 무서워해요?"

"슈퍼스페이드라는 소리는 집어치우면 안 될까요?" 브라운이 말했다.

"백인 여자랑 자 본 적 있어요?" 제리가 느닷없이 물었다.

"아니요."

"자 볼래요?"

"아니요."

"왜요?"

"믿거나 말거나입니다만, 퍼거슨 양, 제 환상 속에 검은색 대형 캐딜락과 작고 흰 금발은 들어 있지 않습니다."

"난 금발 아닌데."

"압니다. 제 말은……."

"그만 긴장해요. 틀림없이 손바닥이 축축하실걸요."

"제 손바닥은 건조합니다." 브라운은 차분히 말했다.

"난 아니에요." 제리는 그렇게 말하고는 몸을 돌려 술을 한 잔 더 따랐다. 거실에는 침묵이 흘렀다. "결혼했나요?"

"했습니다."

"괜찮아요. 난 유부남 스페이드랑도 자 봤으니까."

"전 그 표현을 좋아하지 않습니다, 퍼거슨 양."

"어느 거요? 유부남?" 그녀는 그렇게 묻고는 몸을 돌려 바에 기대며 그를 마주 보았다. "어린애처럼 굴지 마요, 아서."

브라운은 소파에서 일어났다. "서로 가시는 게 좋겠군요. 옷을 입으시죠."

"싫어요." 제리는 미소를 지어 보이고는 버번을 홀짝였다. "무슨 혐의로? 강간 미수?"

"혐의 같은 건 없습니다, 퍼거슨 양. 저는 살인 사건을 수사 중이고 참고인에게……."

"알았어요, 알았어. 법률 용어 꺼내지 마요. 앉아요, 아서. 좀 앉아요. 답답하고 케케묵은 형사실보다야 여기가 낫지."

브라운은 앉았다.

"거봐요, 좀 낫죠? 자…… 뭘 알고 싶은 거죠?"

"사진 조각을 갖고 있습니까?"

"네."

"어디서 났죠?"

"제부가 줬어요."

"루 다모르?"

"네."

"언제요?"

"은행 털기 직전에요."

"뭐라고 하던가요?"

"그냥 갖고 있으라고만 했어요."

"왜 동생분께 안 주고 당신에게 줬죠?"

"그 아인 덜렁이였거든요. 늘 그랬죠. 루는 누가 똑똑한지 알았던 거죠."

"목록도 주던가요?"

"무슨 목록이오?"

"명단 말입니다."

"명단 같은 건 몰라요."

"거짓말이군요, 제리."

"아뇨, 맹세해요. 무슨 명단 말이에요?"

"당신이랑 다른 사람들 이름이 적힌 명단 말입니다."

"그런 건 본 적 없어요."

"거짓말을 하는군요, 제리. 당신 파트너가 그 명단 반쪽을 갖고 있던데요. 어디서 난 거랍니까?"

"난 명단에 관해서는 아무것도 몰라요. 그게 뭔데요?"

"관두죠. 당신 사진 조각은 어디 있죠?"

"갤러리 금고에요."

"우리에게 주겠어요?"

"아뇨."

"방금 주겠다고……."

"난 질문에 대답을 하겠다고 한 거죠. 이제 됐어요. 대답은 했잖아요. 내 사유재산을 경찰에게 내줘야 한다는 법은 없죠."

"있는 것 같은데요."

"그래요? 어떤 법이죠?"

"형법 천삼백팔 항은 어떨까요? 도난당한 타인의 소유물임을 알면서도 해당 소유물을 감추거나 제공하지 않거나 혹은 감추거나 제공하지 않는 데에 조력한 사람은……."

"그 사진이 장물이라고요?"

"장물의 위치를 가리키고 있죠."

"내가 그걸 어떻게 알아요? 루가 사진 귀퉁이 조각 하나 주면서 갖고 있으라고 했을 뿐인데. 난 그것밖에 몰라요."

"좋아요, 제가 지금 그 사진이 NSLA가 도난당한 돈의 위치를 담고 있다고 얘기해 드리죠. 이제는 알겠죠?"

"증명할 수 있어요?" 제리는 미소 지었다. "아닐 텐데요. 아서.

돈을 찾기 전에는 돈이 존재한다는 사실조차 확실하지 않을 텐데요. 그리고 사진 조각을 다 모으지 않는 한 돈은 못 찾겠죠. 쯧쯧. 딜레마군요. 그냥 방으로 가서 떡이나 치는 게 어때요?"

"고맙지만 사양하죠."

"넋이 나가게 해 줄 수 있어요, 아서."

"이미 나갔습니다." 브라운은 그렇게 말하고 자리를 떴다.

8

 사실 딜레마는 제럴딘 퍼거슨이 상상한 것만큼 그렇게 까다롭지는 않았다. 브라운으로서는 대법원 판사를 찾아가서 신뢰할 만한 정보와, 자신이 알아낸 바에 따르면 제퍼슨 가 568번지 퍼거슨 갤러리의 금고 안에 범죄 해결에 도움을 줄 수 있는 단서가 들어 있다고 믿을 만한 이유가 있노라고 맹세한 다음, 금고를 열고 수색하여 증거를 압수하는 데에 필요한 압수수색영장을 청구하기만 하면 될 일이었다. 그러나 당장은 그럴 수 없었다. 오늘은 일요일이었고, 브라운이 일하는 이 도시의 대법원 판사들에게는 하루 동안 휴식을 취할 권한이 있었다. 시간을 다투는 긴급한 사안이 아니라면 자고 있는 사람을 깨워 수색영장을 청구할 수는 없었다. 그래도 브라운에게는 제리가 갤러리로 달려가 금고에서 사진을 꺼내지 않으리라는 확신이 있었다. 브라운에게 금고를 열 방법이 없을 거라고 믿고 있는 제리의 생각을 바로잡아 주지 않았으니만큼 다음 날 아침에 영장으로 무장하고 가서 금고를 열도록 하면 사진은 그 자리에 고스란히 남아 있을 것이다.

일요일 오후 3시, 브라운은 형사실에서 카렐라와 만나 현재까지 손에 넣은 것들을 검토해 보았다. 크러치의 명단 반쪽(크러치는 루치아 페로글리오에게서 받았다고 주장했지만 그녀는 그에게 준 적이 없다고 주장한)과 칸의 현금 보관함에서 나온 반쪽(제럴딘 퍼거슨은 전혀 모른다고 주장한)을 합치자 일곱 개의 이름이 나왔다.

    앨버트 와인버그
    도널드 레닝거
    유진 E. 에르바흐
    앨리스 보나미코
    제럴딘 퍼거슨
    도로테아 맥널리
    로버트 쿰스

위쪽 네 사람은 이미 죽었다. 다섯 번째 사람은 사진 조각을 갖고 있다고 시인했고 내일 아침 얻어 낼 계획이었다. 이제 두 형사는 도시의 다섯 행정 구역을 담은 전화번호부를 펼쳐 놓고 나머지 두 이름을 찾기 시작했다.

리버헤드에 로버트 쿰스라는 사람이 있었고 베스타운에도 또 로버트 쿰스가 있었다.

맥널리의 경우는 도시 곳곳에 164명이나 있어서 능히 맥널리 가문을 부활시키고도 남을 기세였지만 그중 도로테아라는 이름은 보이지 않았고, 사우스 홈스테드의 스키드 가 쪽에 D. 맥널리라는 사람이 한 명 있을 뿐이었다.

"어떤 순서로 만나 볼까?" 카렐라가 물었다.

"베스타운은 내일 아침으로 미뤄 두지. 거기 가려면 페리를 타야 하는데 일요일 페리는 운행 시간이 제멋대로잖아."

"그러지. 그럼 내가 리버헤드의 쿰스를 만나 보고 거기서 바로 퇴근할게."

"좋아. 그럼 내가 맥널리 마님 쪽을 맡지."

"왜 요즘 여자는 다 자네 차지야?"

"그게 공평한 거야." 브라운이 말했다. "흑인은 텔레비전에서는 여자를 못 만나잖아."

이곳은 실로 대조가 극명한 도시였다.

에스플러네이드 가를 따라 시 외곽으로 가다 보면 중앙선 및 북동선 선로가 지하에서 지상으로 올라오는 곳이 나오고, 거기서 채 한 블록도 가기 전에 동네 꼴이 눈에 띄게 허름해지면서 차양과 도어맨을 갖춘 건물 대신 벽돌에 때가 묻은 다세대주택이 등장하며, 잘 차려입은 부유한 시민들이 추레하고 배고프고 일자리도 없는 가난의 희생자들로 급변하는 놀라운 광경이 펼쳐진다. 87분서 관할구역을 관통하여 도시를 가로지르는 아무 길이나 택해 그 길을 따라 메이슨 가, 컬버 가, 에인슬리 가를 차례로 지나고 나면, 이어서 암세포처럼 퍼져 있는 빈민가를 통과하게 되고, 그런 다음 갑자기 화려한 실버마인 가의 변두리가 나타나 보는 이를 주춤 들게 한다. 거기서 엎어지면 코 닿을 거리에 호화롭고 배타적이며 나무가 우거지고 돈이 넘치는 스모크 라이즈가 있다. 반대로 시내로 쭉 들어가서 더 쿼터에 이르면 부산스러운 중산층 보헤미안 동네와 마주하게 된다. 그곳에는 동성애자도 제법 보이고 지나치게 예술가 티를 내는 가죽 가게와 소극장, 그리고 모래분사기로 광을 낸 외관과 갓 페인트칠을 한 난간, 화재용 비상구, 덧문이 달린 창, 자갈이 깔린 뜰, 반짝거리는 황동 손잡이와 노커가 달린 아치형 출입구 위 화사한 색채의 꽃병에 늘어진 봄꽃으로 치장한 브라운스톤^{적갈색 사암으로 지은 집을 말하며, 실제로 더 쿼터의 모델이 된 뉴욕 그리니치빌리지에서 흔히 볼 수 있다}이 있다. 거기서 냄새를 따라 서쪽으로 가면 리틀 이탈리아에 들어서는데, 이 게토는 복잡하기로 따지자면 시 외곽의 게토들에 뒤지지 않지만 그 분위기는 사뭇 달라서 에스프레소 기계에서 커피가 끓는 냄새를 맡을 수도 있고 미국으로 건너온 나폴리 음식의 풍성한 냄새가 저쪽 차이나타운에서 흘러온 구운 돼지고기 향과 뒤섞여 코를 자극하기도 한다. 차이나타운은 리틀 이탈리아에서 한 블록도 떨어지지 않은 곳에 있는데, 탑 모양을 하고 있는 그곳 전화 부스의 전화들은—시 외곽에 있는 사촌들이 그러하듯— 웬만해서는 작동하지 않았다(다이얼을 짧게 세 번만 돌리면 경찰이 바로 현관에 대령하는 응급 전화번호가 있으니 얼마나 다행인가. 전화가 작동만 한다면 말이다). 차이나타운에서 다시 남쪽으로 몇 블록을 내려가면 한때 고가철도가 있던 넓은 길이 나온다. 이제 고가철도의 그림자는 사라졌고, 길을 따라 주정뱅이 부랑자들이 득시글거리는 가운데 싸구려 여인숙과 무료 급식소, 조명 기구 도매상, 식당 설비 업체, 공장 반품 판매상, 파티용 기념품 취급점, 사무 설비 업체가 6월의 햇빛 속에서 저마다 허름한 자태를 뽐냈다.

D. 맥널리가 사는 건물은 족히 8백 미터는 넘게 이어지는 그 넓은 길에서 남쪽으로 두 블록 아래에 있었다. 그곳은 이 도시의 밑바닥이자 부랑자와 주정뱅이들의 무덤이었으며 체포 할당량을 채우고 싶어 안달이 난 경찰들의 행복한 사냥터였다. 부랑죄나 풍기문란을 이유로 부랑자를 잡아다 유치장에서 하루 이틀 재운 다음 도로 거리로 내보내면 경험상 훨씬 더 나은 인간이 된다, 그런 말씀이다. 브라운은 현관 계단에 찌무룩하게 앉아 있는 두 주정뱅이를 지나쳤다. 둘 다 그를 올려다보지도 않았다. 건물 앞 모퉁이에는 또 다른 사내가 발을 배수로 위에 얹은 채 앉아 있었다. 그는 이가 새까맣게 들끓는 셔츠를 벗어서 섬세한 손놀림으로 옷에 달라붙은 기생충을 떼어 낸 다음 엄지손톱으로 갓돌에 눌러 터뜨리고 있었다. 햇빛 아래서 보니 피부가 병적으로 창백해 보였고 등과 팔은 발진으로 뒤덮여 있었다.

입구는 어두웠다. 눈부신 햇살 아래 있다가 들어가자니 꽉 쥔 주먹으로 두 눈을 얻어맞은 듯한 기분이었다. 브라운은 줄줄이 늘어선 부서진 우편함들을 살핀 끝에 크레용 글씨로 D. 맥널리, 2A호실이라고 적힌 카드가 붙어 있는 우편함을 발견했다. 그는 계단을 올라가 문밖에서 한동안 귀를 기울인 다음 문을 두드렸다.

"누구세요?" 여자의 목소리가 들렸다.

"맥널리 양이십니까?"

"그런데요?" 브라운이 경찰이라고 알리기도 전에 문이 열렸다. 문간에 선 여인은 쉰 살쯤 되어 보였다. 밝은 오렌지색으로 염색한 머리카락이 분필처럼 하얀 얼굴 주변에서 독립기념일 폭죽처럼 폭발하기라도 했는지 걷잡을 수 없이 헝클어진 채 자유분방하게 사방으로 뻗쳐 있었다. 바랜 파란색 눈은 검은색 아이라이너를 두껍게 칠해 크기를 강조했다. 속눈썹은 마스카라로 범벅이 되어 있었고 겉눈썹은 연필로 짙게 그려져 있었으며 입은 피처럼 빨간 립스틱으로 실제 입보다 더 크게 칠해져 있었다. 그녀는 허리를 느슨히 조인 꽃무늬 실크 가운을 입고 있었다. 가운 위쪽 틈으로 축 늘어진 가슴이 드러났다. 한쪽 가슴 젖꼭지 근처에는 누군가 깨문 보랏빛 자국이 새하얀 피부와 선명한 대조를 이루었다. 군살이 출렁이는 작고 땅딸막한 몸집에 옷차림은 동네 아마추어 극단이 공연하는 「동쪽의 일곱 창녀」에 나오는 구제불능의 늙은 창녀 역할을 따려고 일부러 갖춰 입기라도 한 몰골이었다.

"난 검둥이는 안 받아." 그녀는 냉큼 그렇게 말하고는 문을 닫으려 했다. 브라운은 발을 내밀어 닫히는 문 사이로 구두를 끼워 넣었다. 그 좁은 틈 사이로 D. 맥널리가 다시 한 번, 이번에는 단호하게 말했다. "검둥이는 안 받는다니까." 브라운은 바보처럼 웃어야 할지 불같이 화를 내야 할지 모를 기분이었다. 싸구려 와인 한 병이면 아무하고나 나자빠질 법한 늙은 퇴물 창녀가 검둥이는 안 받겠다고 하다니. 그는 이 상황을 즐기기로 했다.

"빨아 주기만 하면 돼."

"싫어." 이제 D. 맥널리의 목소리에는 두려움이 깃들었다. "안 해. 꺼져!"

"친구 말 듣고 온 거야."

문 뒤에서 들려오는 D. 맥널리의 목소리는 이제 의심스럽다는 듯 한결 낮아져 있었다. "어떤 친구? 난 검둥이 건 안 빨아."

"번스 경위."

"군인이야 번스의 직급인 lieutenant에는 중위라는 뜻도 있다?"

"아니, 경찰이야." 브라운은 게임을 끝내기로 했다. "형삽니다, 부인. 이 문 좀 열어 봐요."

"형사 좋아하시네."

브라운은 지친 기색으로 주머니에서 배지를 꺼내 문과 문설주 사이의 열린 틈에 갖다 댔다.

"왜 진즉 말을 않고서?" D. 맥널리가 말했다.

"왜? 검둥이 형사는 빨아 주시나?"

"악의는 없었어요." 그녀는 문을 열었다. "들어와요."

그는 아파트로 들어섰다. 작은 부엌과 침대가 놓인 방이 있었다.

싱크대에는 접시가 쌓여 있었고 침대는 어질러진 채였고 사람의 땀과 싸구려 술과 더 싸구려인 향수 냄새가 뒤섞여 퀴퀴한 악취를 풍겼다.

"풍기단속반?"

"아니."

"난 이제 그 짓 안 하는데. 그래서 꺼지라고 한 거지. 거기서 발뺀 지 한 예닐곱 달은 됐다고."

"그러시겠지. 이름이 도로테아 맥널리 맞습니까?"

"그래요. 전화번호부랑 아래층 우편함에 'D. 맥널리'라고만 적은 건 이 도시에 별 미친놈이 다 있어서 그런 거고. 전화해서 더러운 소리 하는 놈들 말이에요. 무슨 말인지 알죠? 난 그런 더러운 짓거리는 좋아하지 않거든."

"아무렴, 싫어하시겠지."

"나는 그 짓을 할 때도 훌륭한 손님만 받았다고."

"음흠."

"신사였지."

"하지만 검둥이는 없었겠지."

"이것 봐요, 기분 상한 건 아니지, 설마?"

"그럴 리가. 내가 그런 별 뜻 없는 사소한 말에 상처입을 사람 같아요?"

"내가 그런 말을 했다고 난리를 피울 거라면……."

"난리 피울 생각 없어요, 부인."

"혹시 그럴 거라면, 이봐요, 내 당장이라도 빨아 드릴게. 알았어요? 희든 검든 거시기는 거시기니까."

"아니면 보라색이든."

"그렇지, 보라색이더라도. 하여간 나를 괴롭히지만 말아요." 도로테아는 잠시 뜸을 들이다 말했다. "해 드릴까?"

"고맙지만 사양하죠."

"그렇다면야." 그녀는 어깨를 으쓱해 보였다. "혹시라도 마음이 바뀌거든······."

"알려 드리지요. 그건 그렇고, 실은 사진 이야기를 하려고 온 겁니다."

"일단 들어와요." 그녀는 침실 쪽을 가리켰다. "더러운 접시랑 같이 서 있지 말고."

두 사람은 다른 방으로 들어갔다. 도로테아는 침대에 앉아 다리를 꼬았다. 브라운은 침대 발치에 서서 그녀를 내려다보았다. 그녀는 다시 흘러내린 실크 가운을 여미지도 않고 내버려 두었다. 젖꼭지 근처의 깨물린 자국이 성난 것처럼 부풀어 있었다. 축 늘어진 가슴 위를 가로지르는 이빨 자국이 길쭉한 타원형을 그렸다.

"사진이라고?" 도로테아가 말했다.

"그래요."

"하여간에 경찰들은 케케묵은 옛날 일을 잘도 끄집어낸다니까." 그녀가 투덜거렸다. "난리는 안 피울 거라더니."

"안 피운다니까."

"그런 사진에 모델 노릇을 한 지 이십 년은 됐는데. 그게 아직도 돌아다닌다고?" 그녀는 놀랍다는 듯 고개를 내저었다. "그 시절에는 나도 볼만했지. 샌프란시스코에서 날 보러 여기까지 온 사람도 있었다니까. 여기 도착해서 전화를 거는 거야. '여보세요, 도로테아, 나 브루스야. 놀 준비 됐어?' 그 시절 난 언제나 놀 준비가 돼 있었지. 남자들에게 즐거운 시간을 보내게 해 주는 방법이야 빠삭했거든." 그녀는 브라운을 올려다보았다. "사실 지금도 그렇지. 아직 할망구 취급당할 신세는 아니라고. 그렇다고 내가 그 장사를 지금도 한다는 얘기는 아니고. 말하자면 그렇다는 거지."

"마지막으로, 매춘으로 체포당한 게 언젭니까?" 아서 브라운이 물었다.

"말했잖아요, 육 년인가 칠 년인가 됐을……."

"그냥 말해요. 조사해 보면 금방 알 수 있으니까."

"알았어요. 지난달. 그래도 그때 이후론 깨끗했다고. 이제 나 같은 사람한테는 어울리지 않는 생활이야. 그런데 그 사진까지 끌고 들어오면, 원 세상에, 정말 골치 아파지는 거잖아. 안 그래요?" 그녀는 갑자기 미소를 지어 보였다. "여기 좀 앉아 봐요, 자기. 사진일랑 다 잊어버리면 안 될까?"

"포르노 사진 얘기가 아니라."

"아니라고? 그럼 뭔데?"

"육 년 전에 당신 손에 들어왔을지도 모를 사진 얘깁니다."

"아이고야, 육 년 전 일을 어떻게 기억해요?"

"방금까진 이십 년 전 일을 잘만 기억하던데."

"그렇지만 그거야…… 알잖아요, 여자들은 그런 건 잊지 못하니까. 그런 짓은 그때뿐이었다고. 왜, 남자랑 그런 사진 찍는 거 말이에요. 딱 한 통만 찍었어요. 한 통이 전부였다고. 그걸로 오십 달러를 받았지. 사진 안 찍고 그 짓만으로는 그만큼 못 받아. 알겠어요?"

"알고말고." 브라운이 말했다. "육 년 전 국립저축대부조합 강도 사건에 대해선 뭘 알죠?"

"나 원 참, 뭔 얘기가 정신없이 돌아간대. 처음엔 창녀질, 다음엔 포르노 사진, 이젠 무장 강도. 갈수록 판이 커지네."

"그 사건에 대해서 아는 거 있어요?"

"기사를 읽은 기억은 나는 것 같은데."

"뭘 읽으셨는데?"

"이봐요…… 난리 피우지 않겠다는 거 약속해요?"

"약속하죠."

"그 일을 한 사람들 중 하나가 내 조카였어요."

"이름이?"

"피트 라이언. 지금은 죽었고. 그 일로 전부 죽었지. 은행 강도라는 놈들이." 그녀는 그렇게 말하고 얼굴을 찌푸렸다.

"그럼 사진은?"

"무슨 사진? 무슨 얘긴지……."

"스냅사진 조각 말입니다. 방금 얘기한 걸로 봐서는 조카가 당신에게 줬을 수도 있겠는데. 은행 털기 전에. 기억 안 납니까?"

"육 년 전 일을 어떻게 기억한다고."

"떠올려 봐요."

"은행 턴 게 언제였는데? 무슨 달이었는지 기억해요?"

"팔월."

"팔월. 육 년 전. 어디 보자……." 그녀는 다시 얼굴을 찌푸렸다. "그때 난 여기 살지도 않았는데. 내가 어디 있었는지는 신만이 아시겠지."

"생각을 해 봐요, 도로테아."

"난 술이 들어가야 생각이 더 잘 나던데."

"집에 뭐 없어요?"

"있긴 하지만 그건 보험 같은 거라. 무슨 말인지 알아요? 요즘엔 남자들도 잘 안 와서."

브라운은 지갑을 꺼냈다. "여기 십 달러 받아요." 그가 말했다. "보험은 마셔 버리고 나중에 한 병 새로 사시라고."

"그럼 내가 사진에 관해 기억해 내면?"

"그럼 뭐요?"

"그건 얼마나 주실 건데?"

"이십 달러 더 드리지."

"오십으로 합시다. 시간도 많이 빼앗겼는데."

"문밖에 기다리는 줄 같은 건 없던데."

"그야, 왔다 가고 왔다 가고 하는 거니까. 경찰 상대하느라 바빠

서 손님을 그냥 보내는 건 싫다고." 도로테아는 말을 멈추고 미소를 지어 보였다. "오십?"

"삼십오."

"약속했어요." 그녀는 부엌으로 가 선반에서 싸구려 라이 위스키 병을 꺼내어 텀블러에 반쯤 채우고는 위를 올려다보고 말했다. "이 오줌 맛 좀 볼라우? 마셔 보면 눈이 멀걸."

"사양하죠."

"당신네 가족에 건배." 도로테아는 그렇게 말하고 잔을 비웠다. "후우, 완전 독이네, 독이야." 그녀는 잔을 가득 채운 다음 잔을 들고 침실로 돌아왔다. "스냅사진 같은 건 기억 안 나는데." 그녀는 고개를 가로저었다.

"그땐 어디 살았죠?"

"노스 사이드였지, 아마. 거기 호텔에 방을 잡고 살았던가." 그녀는 생각에 잠긴 채 위스키를 홀짝였다. "육 년 전이라니까. 한 세기나 다름없다고. 알아들어요?"

"생각해 봐요."

"생각하고 있으니까 입 좀 다물어 봐요. 조카 놈이 허구한 날 들어갔다 나왔다 해서 말이지. 걔가 스냅사진 같은 걸 줬는지 안 줬는지 누가 기억이나 하겠수?"

"그냥 스냅사진의 일부일 수도 있어요. 완전한 사진이 아니라."

"그럼 좀 낫네." 도로테아 맥널리가 말했다. "하지만 설령 걔가 그걸 줬다고 하더라도 지난 육 년간 내가 얼마나 이사를 많이 했는지 알아요? 말 마요. 경찰과 집세 수금원 사이에서 한가할 틈이 없었다니까."

"귀중품은 어디다 둡니까?"

"무슨 귀중품?"

"중요한 서류를 어디다 둬요?"

"농담하는 거예요?"

"출생증명서나 주민등록증 같은……."

"아, 그거라면 여기 어디 있을 텐데." 도로테아는 그렇게 말하고는 다시 술을 홀짝였다.

"어디요?"

"난 잡동사니는 안 키운다고. 기억이 싫거든. 지랄 맞은 기억이 너무 많아." 그녀는 그렇게 말한 다음 이번에는 크게 한입 털어 넣어 잔을 비우고 침대에서 일어나 부엌으로 가서 다시 잔을 가득 채웠다. "타이거 윌리스라는 권투 선수 알아요?" 그녀는 침실로 돌아오며 물었다.

"아뇨."

"자기 때가 아닌가 보네. 이십오 년 전이었나, 그보다 더 됐던가. 미들급 선수였지."

"그 사람이 뭐요?"

"그 사람하고 같이 살았거든. 그 사람한테 달린 거시기가, 세상에, 일 미터는 됐을걸." 도로테아는 고개를 내저었다. "링에서 죽었지. 부에노스아이레스에서 온 녀석이 그 사람을 죽였어. 워낙 세게 때려서…… 있지, 난 그날 밤 링 옆에 있었어요. 프레디는—그게 그 사람 본명이었지. 프레디 윌리스. '타이거' 어쩌고 하는 소리는 링에서나 쓰는 이름이었고—프레디는 자기 시합 때면 늘 내게 링 옆자리를 잡아 줬지. 그 시절 나는 대단했거든. 끝내주는 물건이었지. 부에노스아이레스에서 온 녀석, 그 녀석이 거의 바닥에서 솟구치듯이 한 방을 먹이는 바람에 프레디 머리가 날아갈 뻔했어. 그렇게 프레디는 쓰러졌어. 돌덩이가 쓰러지는 것처럼 캔버스에 세게 부딪혔지……." 그녀는 위스키를 좀 더 마시더니 브라운에게서 고개를 돌렸다. "뭐, 다 옛날 얘기니까."

"사진 얘기나 합시다." 브라운은 달래듯 말했다.

"아, 그래, 그놈의 사진. 여기 벽장에 뭐가 있는지 봅시다."

그녀는 방을 가로질러 가 벽장문을 열었다. 검은 외투 하나가 철사 옷걸이에 걸려 있었다. 그 옆에는 파란 새틴 드레스가 있었다. 나무로 된 가로대에는 아무것도 걸려 있지 않았다. 벽장 바닥에는 하이힐 펌프스가 두 켤레 있었다. 가로대 위의 선반에는 종이 상자 하나와 사탕 깡통이 있었다. 도로테아가 손을 뻗더니 사탕 깡통을 들고 침대로 돌아왔다. 그녀는 뚜껑을 비틀어 열었다.

"여긴 별거 없는데." 그녀가 말했다. "난 뭘 간직하는 걸 싫어해서 말이야."

출생증명서, 혼인증명서(도로테아 피어스와 리처드 맥널리), 싸구려 도금 로켓 안에 든 머리 가닥, 아주 오래 전 어느 공연 개막식 날의 프로그램, 아주 어린 여자아이가 판잣집 뒤의 그네에 앉아 있는 모습을 담은 사진, 빛바랜 밸런타인 카드, 그리고 타이거 윌리스가 표지에 실린 잡지 『링』 한 부가 나왔다.

"그게 다예요."

"침대 위에 쏟아 봐도 될까요?" 브라운이 제안했다. "우리가 찾는 게 아주 작은 것일 수도 있어서." 그는 공연 프로그램을 집어 들어 책등을 쥐고 흔들어 보았다. 아무것도 나오지 않았다. 그는 『링』을 집어 들었다.

"그건 조심해요." 도로테아가 경고했다.

한 번 흔들었다. 책장이 펄럭이고, 흑백 광택 사진 조각이 더러운 시트 위로 떨어졌다.

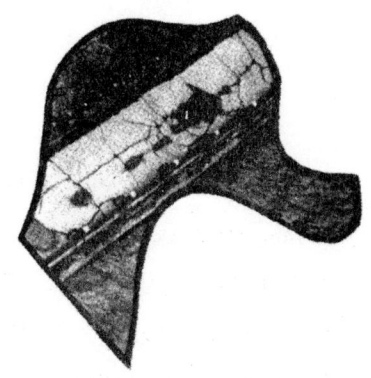

"찾던 게 그거예요?" 도로테아가 물었다.

"찾던 게 이겁니다." 브라운이 대답했다.

"도널드 덕 닮았네. 아니면 딱따구리 우디나."

"아니면 멸종된 도도새든가."

"피트에게서 그걸 받은 기억이 없는데." 도로테아가 고개를 내저었다. "주기야 줬겠지만 기억은 안 나요." 표정이 단호해졌다. 그녀는 브라운을 향해 손을 내밀고 말했다. "이제 삼십오 달러 내요."

리버헤드에 사는 로버트 쿰스의 주소는 애번데일 6451번지로 카렐라의 집에서 3킬로미터 떨어진 곳이었다. 4시 30분쯤 그곳에 도착한 카렐라는 굿유머 아이스크림 트럭 바로 뒤편 가로수가 늘어선 거리로 접어들었다. 그 블록에 있는 집들은 거의가 이호 주택二戶住宅한 건물에 두 가구가 사는 주택이었다. 중산층풍의 말쑥한 품위가 느껴지는 동네였다. 일요일 오후인지라 리버헤드 주민들은 현관 계단에 나와 신문을 읽거나 트랜지스터라디오를 듣고 있었다. 거리를 따라 차를 몰며 6451번지를 찾아가는 길에 카렐라가 본 자전거 탄 아이들만 해도 열두 명이었다.

그 집은 애번데일 가와 버치 가가 교차하는 모퉁이에 있었다. 넉넉한 땅 위에 벽돌과 미늘판으로 지은 커다란 집이었다. 차에서 내리자 카렐라의 코로 스테이크 굽는 냄새가 흘러들었다. 점심으로 햄버거 하나밖에 먹지 못한 터라 배고파 죽을 지경이었다. 앞마당 잔디밭에 세워진 작은 푯말에는 검은 바탕에 흰 글씨로 R. 쿰스라고 적혀 있었다. 카렐라는 보행로를 따라 현관문으로 걸어가 벨을 누르고 기다렸다. 답이 없었다. 다시 벨을 눌렀다. 그는 몇 번을 더 그렇게 벨을 누르고 기다린 다음 집 뒤로 돌아가 보았다. 하얀 앞치

마를 걸친 남자가 오른손에 긴 포크를 들고 야외용 석쇠 곁에 서 있었다. 석쇠 맞은편에 놓인 삼나무로 만든 피크닉 테이블에는 남자 한 명과 여자 두 명이 앉아 있었다. 네 사람은 카렐라가 돌아 들어올 때만 해도 대화 중이었으나 그를 보자 말을 그쳤다.

"로버트 쿰스라는 분을 찾는데요." 카렐라가 말했다.

"네, 제가 쿰스입니다." 석쇠 곁에 있던 남자가 말했다.

"방해해서 죄송합니다, 쿰스 씨." 카렐라는 그에게 다가갔다. "팔십칠 분서 카렐라 형사입니다. 따로 얘기 좀 나눌 수 있을까요."

"무슨 일이야, 바비?" 피크닉 테이블 쪽에 앉아 있던 한 여자가 즉시 자리에서 일어섰다. 일어선 여자는 키가 컸다. 몸에 꼭 맞는 파란 캐시미어 스웨터에 금발이 흘러내렸고 꽉 끼는 군청색 슬랙스를 입고 있었다. 눈은 스웨터보다 한 색조 밝은 색이었고 석쇠 쪽으로 다가오는 동안 공공연한 적의까지는 아니더라도 의심스러워하는 빛을 번뜩였다. "전 쿰스의 아내예요." 정확히 누가 이 집을 관리하는지 분명히 해 두겠다는 듯한 말투였다. "뭘 원하시죠?"

"형사시래, 여보." 쿰스가 말했다.

"형사? 뭐야? 무슨 일인데?"

"별거 아닙니다, 쿰스 부인." 카렐라가 말했다. "그저 남편분께 몇 가지 여쭤 볼 게 있어서요."

"뭐에 관해서요? 바비 당신 무슨 문제 있는 거야?"

"아니, 아냐, 여보. 난……."

"남편분께 문제가 생긴 게 아닙니다, 쿰스 부인. 단지……,"

"그럼 나중에 하셔도 되겠네요." 쿰스 부인이 말했다. "스테이크가 거의 다 돼서요. 나중에 다시 오세요. 어, 형사님 성함이……."

"코폴라." 쿰스가 말했다.

"카렐라입니다." 카렐라가 말했다.

"막 식사하려던 참이라서요." 쿰스 부인이 말했다. "나중에 다시 오시라고요. 아셨죠?"

"한 시간 뒤에 괜찮으시겠습니까?" 쿰스가 정중히 물었다.

"한 시간 반으로 해요." 쿰스 부인이 잘라 말했다.

"여보, 한 시간이면 충분히……."

"일요일 저녁을 서두르고 싶진 않아." 쿰스 부인의 목소리는 단호했다. "한 시간 반 뒤에 오세요, 코폴라 형사님."

"카렐라입니다." 그가 말했다. "맛있게 드십시오." 카렐라는 마당을 나섰다. 구운 스테이크 냄새로 인해 치유할 길 없는 상처가 남을 지경이었다. 버치 가에서 문을 연 작은 식당을 발견한 그는 주문한 커피 한 잔과 치즈 대니시로 식사를 마치고 나와 근처를 거닐었다. 저 앞의 인도에서 네 소녀가 줄넘기를 하며 주문 같은 노래를 부르고 있었다. "더블리이 더치, 더블리이 더치_줄 두 개를 이용한 줄넘기 놀이를 할 때 부르는 노래로 놀이에 쓰이는 노래가 종종 그렇듯 그 의미나 어원은 확실하지 않다._." 모퉁이의 공터에서는 방망이가 야구공을 때리는 소리가 들리는가 싶더니 와이셔츠 바람으로 아들들이 야구 하는 모습을 지켜보고 있던 중년 남자들의 환호성이 터져 나왔다. 하루 종일 말 그대로 구름 한 점 없이 찬란하게 푸른빛을 띠던 하늘이 서서히 황혼 녘의 옅은 보랏빛으로 물들어 가고 있었다. 훈훈하던 오후의 산들바람도 살짝 서늘해졌다. 사방에서 어머니가 아이에게 저녁 먹으러 들어오라고 부르는 소리가 들려왔다. 가정으로 돌아가 가족과 함께하고 싶어지는 시간이었다. 카렐라는 시계를 들여다보고 한숨을 내쉬었다.

이사벨 쿰스는 복화술사였다. 카렐라가 보기에는 틀림없었다.
카렐라가 돌아오자마자 쿰스 부부의 손님들은 집 안으로 들어가 버렸다. 집 뒤편의 미닫이 유리문 너머로 보니 그들은 레코드플레이어 주변에 서서 앨범들을 뒤적이고 있었다. 카렐라는 쿰스 부부와 함께 삼나무 테이블에 앉았다. 로버트 쿰스가 때때로 질문에 답하려고 하기는 했지만 그는 결국 그저 꼭두각시 인형에 불과했고, 이야기는 이사벨 쿰스가 거의 다 하고 있었다.
"쿰스 씨." 카렐라가 말했다. "가능한 한 짧게 끝내도록 하겠습니다. 선생님 성함이 실린 명단이……,"
"이이 이름이오?" 이사벨이 말했다. "명단에 바비의 이름이 나왔다고요?"
"네, 부인. 그 명단은……,"
"이이 이름이 명단 같은 거에 실릴 리가 없잖아요."
"어디에 실렸을지도 모르잖아, 여보." 로버트가 말했다.
"그렇지 않아." 이사벨이 말했다. "카레타 형사님……,"
"카렐라입니다."
"네. 이야기를 더 진행시키기 전에 변호사를 부르는 게 좋을 것 같은데요."

"물론 원하시는 대로 하셔도 됩니다. 하지만 제게는 남편분께 범죄 혐의 같은 걸 씌우려는 의도는 전혀 없습니다. 그저 정보를 얻고자…….,"

"그럼 왜 이이 이름이 명단에 올라 있는데요?" 이사벨 쿰스는 꿋꿋했다.

카렐라의 아내는 듣지 못하고 말하지 못하는 사람이었다. 지금 이렇게 금발을 늘어뜨린 채 쨍쨍거리는 목소리로 떠드는 이사벨 쿰스를 대하고 있노라니 카렐라는 절로 그녀를 테디와 비교하게 되었다. 검은 머리와 갈색 눈의 말 없고, 온화하고, 아름다운 테디.

쿰스 부인의 푸른 눈이 번뜩였다. "왜죠?"

"쿰스 부인." 카렐라는 참을성 있게 말을 이었다. "제 질문을 지레짐작하시기 전에 일단 제가 질문을 하도록 해 주시면 감사하겠습니다만."

"그게 무슨 뜻이죠?"

"이 일은 십 분 만에 끝날 수도 있고 열 시간이 걸릴 수도 있다는 뜻입니다. 여기 이렇게 뒷마당에서 할 수도 있고, 아니면 남편분께 동행을 요청해서……."

"이이를 체포하겠단 거예요?"

"아닙니다, 부인. 그냥 몇 가지 질문만 하겠다는 겁니다."

"그럼 질문을 하지 그러세요?"

카렐라는 잠시 침묵했다. 그러다가 "그러죠, 부인."이라고 말한 다음 다시 입을 다물었다. 쿰스에게 무슨 질문을 하려고 했었는지 잠시 기억이 나질 않았다. 그는 계속해서 테디를 떠올리며 지금 그녀와 이불 속에 있으면 좋겠다고 생각했다. "자, 그럼." 그가 말했다. "쿰스 씨, 혹시 육 년 전에 있었던 강도 사건에 관해 아시는……"

"범죄 사건을 수사 중인 게 아니라고 하셨던 것 같은데요." 이사벨이 말했다.

"그런 말은 한 적 없습니다. 남편분께는 어떤 범죄 혐의도 둘 의도가 없다고 했죠."

"방금 강도 사건이라고 하셨잖아요."

"네, 육 년 전이오." 그는 로버트 쪽을 돌아보고 말했다. "그런 강도 사건에 관해 아시는 바가 있습니까, 쿰스 씨?"

"없습니다." 로버트가 말했다. "누가 강도를 당한 건가요?"

"국립저축대부조합입니다."

"그게 뭐죠?"

"은행이오."

"어디서요?"

"이 도시에서요. 시내에서요."

"육 년 전이라면, 우린 그때 디트로이트에 살았어요." 이사벨이 단호히 말했다.

"그러셨군요. 여기로는 언제 이사 오셨습니까?"

"크리스마스 바로 전이었습니다." 로버트가 말했다.

"그러면…… 대략 육 개월 전이군요."

"정확히 육 개월이 다 돼 가지요." 로버트가 말했다.

"쿰스 씨, 혹시 누군가 선생님께 준 물건 중에, 아니면 선생님께서 어쩌다가 손에 넣으신 물건 중에……,"

"이거 강도 사건이랑 관련 있는 얘기 맞는 거죠?" 이사벨이 잽싸게 캐물었다.

"……사진 조각이 있습니까?" 카렐라는 그녀를 무시한 채 말을 이었다.

"무슨 말씀이신지?" 로버트가 물었다.

"사진의 일부 말입니다."

"무슨 사진이오?" 이사벨이 물었다.

"저희도 모릅니다. 그러니까, 확실하지는 않습니다."

"그럼 우리 남편이 그걸 가지고 있는지 아닌지 어떻게 알아요?"

"그걸 가지고 계신다면, 아마 본인이 가지고 계신다는 걸 아실 거라고 생각합니다." 카렐라가 말했다. "가지고 계십니까?"

"아니요." 로버트가 말했다.

"다음 이름 중에 아시는 이름이 있습니까? 카마인 보나미코, 루다모르……."

"없습니다."

"제리 스타인……."

"모릅니다."

"피트 라이언은요?"

"모릅니다."

"아무도 들어 본 적 없으십니까?"

"없습니다. 그 사람들이 누구죠?"

"다음 이름은 어떠십니까? 앨버트 와인버그, 도널드 레닝거, 앨리스 보나미코……."

"아뇨, 전혀 모릅니다."

"도로테아 맥널리는요? 제럴딘 퍼거슨은?"

로버트는 고개를 가로저었다.

"유진 에르바흐?"

"죄송하지만 모르겠습니다."

"그렇군요." 카렐라가 말했다. "이만하면 된 것 같군요. 시간 내 주셔서 정말 감사드립니다." 그는 자리에서 일어나 이사벨 쿰스를 향해 가볍게 고개를 끄덕여 보이고는 마당을 나섰다.

뒤에서 이사벨이 말했다. "그게 다예요?"

실망했다는 투였다.

카렐라는 그날 밤 8시가 되어서야 집에 들어왔다.

아내 테디는 아서 브라운과 함께 부엌 식탁에 앉아 있었다. 카렐라가 들어오자 그녀는 미소를 지었다. 갈색 눈동자가 그를 집어삼킬 듯했다. 우아한 손짓으로 얼굴 위로 흘러내린 검은 머리 가닥을 쓸어 냈다.

"어이, 여긴 어쩐 일이야." 그가 브라운에게 말했다. "안녕, 여보." 그는 몸을 숙여 테디에게 입 맞췄다.

"어땠던가?" 브라운이 물었다.

"우리가 찾던 사람이 아니야. 여섯 달 전에 디트로이트에서 이사 왔고 사진 같은 건 알지도 못하고 국립저축대부조합은 들어 본 적도 없더군." 카렐라는 갑자기 아내 쪽을 돌아보았다. "미안해, 여보. 등을 돌리고 있는 걸 깜빡했어." 그는 방금 브라운에게 한 말을 반복하면서 테디의 눈을 들여다보며 그녀가 자신의 입술을 읽고 있는지 확인했다. 그가 말을 마치자 그녀는 고개를 끄덕인 다음 빠르게 손을 놀려 수화로 카렐라에게 아서가 다른 사진 조각을 찾았다고 말해 주었다.

"정말이야?" 스티브 카렐라가 아서 브라운을 돌아보았다. "다른 조각을 찾았어?"

"그래서 여기 온 거라고." 브라운은 재킷 주머니에서 반투명종이로 된 봉투를 꺼내 연 다음 스냅사진 다섯 조각을 식탁 위에 쏟아냈다. 두 형사는 멍하니 조각들을 바라보았다. 테디 카렐라—들을 수도 없고 말할 수도 없이 대체로 시각과 촉각에 의지해 살아가는—는 식탁 위에 놓인 비틀린 모양들을 살폈다. 그녀의 손이 재빠르게 움직였다. 그 전날 카렐라가 네 조각을 맞추는 데에 걸렸던 시간보다 짧은 시간 안에 그녀는 앞에 놓인 다섯 조각을 맞춰 냈다.

"와!" 브라운이 말했다. "이제야 뭔가 좀 나오는군!"

"그러게." 카렐라가 말했다. "그런데 이게 어딘데?"

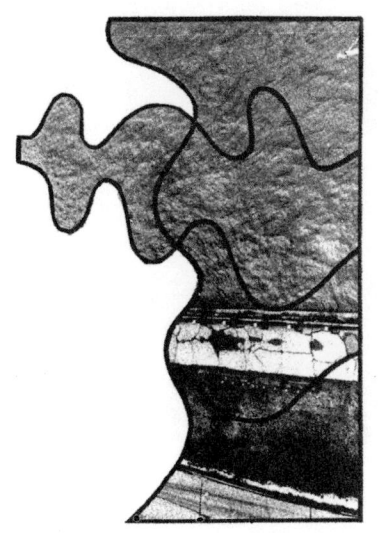

8 조각맞추기

9

 살인 사건의 피해자가 전과자라 해서 경찰이 범인을 찾는 데에 시간과 노력을 덜 들인다는 말 따위는 절대 퍼뜨리지 마시라. 그런 생각일랑 없어져야 한다! 우리의 이 공정하고 민주적인 땅에서는 부유하든 가난하든 권력자이든 온순한 사람이든 정직한 시민이든 범법자이든 모두가 법 아래 동등하게 보호받을 수 있으며, 심지어 죽은 다음에도 그러하다. 그런 연유로, 오호통재라, 경찰은 앨버트 와인버그의 가슴에 구멍을 남긴 자가 누구인지 알아내고자 갖은 수고를 아끼지 않았던 것이다!
 우선, 누군가가 다른 사람이 고생할 것은 생각도 않고 경솔하게 살해당하는 일이 발생하면, 그 소식을 전해 들어야 할 사람이 아주 많다. 소식을 전하는 데에만도 엄청난 시간이 소요된다. 경찰청장과 형사부장과 형사부의 관할 지구장과 살인반과 사체가 발견된 분서의 분서장 및 형사반장과 검시관과 지방 검사와 본서의 전보, 전화 및 전신국과 경찰 감식반에다가 물론 경찰 사진사와 속기사에게까지 연락을 취한다고 생각해 보시라. 동네 세탁업자에게 전화를 걸어 더러운 셔츠 한 장 맡기는 것만도 쉽지 않은 법이거늘 흔한 세탁물 목록보다도 긴 이 명단을 상대해야 한다면 오죽하겠는가. 앨버트 와인버그가 가슴에 구멍이 뚫린 채 발견된 순간, 바로 저 거대한 법 집행기구 전체가 한꺼번에 돌아가기 시작한 것이다. 저 모든 기름칠한 톱니바퀴들이 정의라는 이상을 따라 부드럽게 맞물려 돌아간다. 범죄를 예방하고 범죄자를 쫓는 저 모든 사람들이 막대한 육체적 용기와 체력, 예리한 정신, 경험, 지성, 심지어 재치까지 발휘하여 수사에 나선다. 그 모든 것이 한때 17달러 34센트 때문에 연약한 할머니를 폭행했던 사내를 총으로 쏘아 죽인 사람이 누구인지 밝혀내기 위해서다.

사실, 육체적 용기와 체력과 예리한 정신과 경험과 지성과 재치의 대부분은 87분서 형사 마이어 마이어와 코튼 호스가 발휘하고 있었다. 카렐라(시체를 발견한)에게는 따로 할 일이 있었던 탓이다. 마이어와 호스가 와인버그의 아파트를 뒤엎는 데에는 별 어려움이 없었다. 와인버그를 죽인 누군가가 이미 그 작업을 아주 훌륭히 마쳐 놓았던 것이다. 두 형사는 아파트를 철저하게 조사한 다음 브라운의 추측이 옳다는 결론에 이르렀다. 살인범은 와인버그의 사진 조각을 찾고 있었고, 보아하니 결국 찾아낸 모양이었다. 마이어와 호스는 건물 내의 모든 거주민을 심문한 끝에 그중 세 사람이 자정 직후에 몹시 큰 소리를 들었다는 사실을 알아냈다. 그중 누구도 경찰에게 연락해야 할 필요를 느끼지 못했다. 이 동네에서는 경찰이 딱히 주민의 편의를 도모하는 존재가 아니었을뿐더러 낮이든 밤이든 총소리도 퍽 흔했기 때문이었다. 그리하여 두 형사는 형사실로 돌아와 어빙 크러치가 꼼꼼하게 타자로 쳐 스티브 카렐라에게 제출한 시간표를 검토했다.

오후 6:00 - 퇴근 후 집에 도착. 아래층 도어맨과 날씨가 좋다는 이야기를 나눔.
오후 6:05 - 아파트에 들어옴. 수잰 엔디콧에게 전화를 걸어 데이트 약속을 상기시킴.
오후 6:15 - 목욕물을 받고 마티니를 만들고 욕조에 물이 차기를 기다리는 동안 6시 뉴스 끝 부분을 시청.
오후 6:30부터 오후 7:30 - 목욕하고 면도하고 옷 입고 마티니를 피처 한가득 만듦.
오후 7:30 - 수지가 아파트에 도착. 각자 마티니를 두 잔씩 마심.
오후 8:00 - 브라운 형사가 전화하여 사건 진척 상황을 알려 줌.
오후 8:25 - 도어맨에게 택시를 잡아 달라고 전화함.
오후 8:30 - 수지와 함께 아래층으로 내려가 택시를 기다린 뒤 택시를 타고 제퍼슨 가 777번지 램스 헤드로 향함(미리 비서 도나 호건을 통해 오후 8:45 자리 예약).

오후 8:45부터 오후 10:30 - 램스 헤드에서 저녁 식사. 수석 웨이터 모리스가 샤토 부스코 64년산을 추천.

오후 10:30부터 오후 11:30 - 홀 가를 걸으며 윈도쇼핑을 하다가 택시를 잡음.

오후 11:45 - 아파트에 도착해 택시에서 내림. 위층으로 올라옴. 나는 코냑, 수지는 크렘 데 멘테를 온더록스로 마심. 자니 카슨 쇼를 약 반 시간 정도 시청. 버디 해킷이 게스트로 출연.

오전 12:15 - 취침.

오전 3:15 - 노크 소리를 듣고 잠에서 깸. 복도에 스티브 카렐라 형사가 있었음.

오전 3:15부터 오전 3:25 - 카렐라 형사와 대화.

오전 3:25 - 타자기로 카렐라 형사에게 제출할 시간표를 작성.

오전 3:30 - 카렐라 형사 떠남. 다시 취침.

크러치가 사는 아파트에서 주간 근무를 담당하고 있는 도어맨은 크러치가 오후 6시쯤 귀가했으며, 섭씨 32도의 열풍에 시달렸던 작년 6월과는 사뭇 다르게 요즘은 날씨가 참 좋다는 이야기를 잠시 나누었노라고 진술했다. 마이어와 호스는 그를 통해 야간 근무를 맡은 도어맨과도 만나 보았는데, 그는 크러치가 대략 8시 반쯤에 전화를 걸어 택시를 잡아 달라고 했으며, 잠시 후 젊은 아가씨와 함께 아파트를 나섰다고 증언했다. 택시 운전사에게 크러치의 행선지가 제퍼슨 가 777번지 램스 헤드라고 일러 준 사람도 이 야간 도어맨이었다. 그는 계속해서 크러치와 아가씨가 자정 조금 전에 아파트에 돌아왔으며, 이후 오전 8시에 근무가 끝날 때까지 두 사람이 다시 아파트를 나서는 모습은 보지 못했다고 말했다. 하지만 마이어와 호스는 건물 출입구를 주의 깊게 살핀 끝에 누군가 도어맨이나 엘리베이터 안내원에게 모습을 보이고 싶지 않다면 비상계단을 이용해 지하실로 내려간 다음 쓰레기통이 쌓여 있는 골목길 쪽 출구로 나가기만 하면 된다는 사실을 밝혀냈다.

램스 헤드의 예약 기록부를 확인해 보니 앨버트 와인버그가 살해당한 날 밤 오후 8시 45분에 '어빙 크러치, 2인'이라는 예약 기록이 있었다. 모리스 뒤센이라는 이름의 수석 웨이터는 크러치와 젊은 아가씨가 왔었다는 사실을 기억해 냈고 두 사람에게 샤토 부스코 64년산을 추천했던 것도 기억해 냈다. 그는 크러치가, 주문한 와인이 훌륭하다고 평했다고 말했다. 크러치는 10시 반쯤 식당을 나서며 그에게 팁으로 3달러를 건넸다.

NBC 방송국 지사에 연락한 결과 그날 밤 자니 카슨 쇼의 게스트 중 한 명이 버디 해킷이었으며, 그가 자정 조금 전 자니 카슨의 독백이 끝난 직후에 등장했다는 사실도 확인할 수 있었다.

이제 수잰 엔디콧과 이야기를 해 보는 수밖에 없었다.

아무 경찰이나 붙잡고 물어보시라. 정맥류에 시달리는 여든 살 할머니와 대화를 나누는 것과 속이 비치는 블라우스를 입은 스물두 살 금발 머리와 대화를 나누는 것 중 어느 쪽을 택하고 싶은지. 정말이지 아무 경찰이나 붙잡고 물어보시라.

니켈 백이라는 근사한 양품점에서 일하는 수잰 엔디콧은 가죽 미니스커트에 가슴이 훤히 비치는 블라우스를 입고 있었다. 무척 당혹스러운 옷차림이었고 정맥류에 시달리는 여든 살 할머니에 더 익숙한 경찰들에게는 특히 그랬다. 마이어 마이어 형사는 유부남이었다. 코튼 호스는 독신이었지만 그 역시 질문에 집중하는 데에 어려움을 겪는 듯했다. 그는 수잰 엔디콧에게 함께 영화를 보러 가자고 해 봐야겠다고 거듭 생각했다. 아니면 영화 말고 다른 거라도. 가게를 가득 메운 아가씨들은 그녀와 똑같지는 않더라도 비슷한 옷차림이었다. 미니스커트와 타이츠, 머리띠와 반들반들한 블라우스까지. 새끼 새들이 지저귀어 대는 새장이 따로 없었다―마이어 마이어는 히치콕의 영화 어느 날 갑자기 새 떼가 몰려들어 사람들을 공격한다는 내용의 영화 「새」를 가리키며 이 영화의 각본을 에드 맥베인이 썼다도 그리 좋아하지 않았건만. 수잰 엔디콧은 여기저기로 푸드득거리고 다니면서 이 아가씨에게는 팬츠 슈트를, 저 아가씨에게는 뜨개질 드레스를, 다음 아가씨에게는 시퀸 조끼를 보여 주고 있었다. 그렇게 푸드득거리고 지저귀면서 젖꼭지와 허벅지가 언뜻언뜻 엿보이는 가운데 두 형사는 질문을 해 보려 애썼다.

"그날 밤 정확히 어떤 일이 있었는지 말씀해 주시겠습니까?" 마이어가 말했다.

"물론 말씀드리고말고요." 수지가 말했다. 호스는 그녀의 말투에서 남부 억양이 희미하게 묻어남을 감지했다.

"어디 출신이십니까?" 그는 그녀의 긴장을 풀어 주고자 그렇게 묻는 한편, 정말 극장이든 어디든 같이 가자는 말이나 붙여 봐야겠다고 생각했다.

"어머, 아직도 티가 나나요?"

"살짝요." 호스는 그렇게 말하며 온화하고 이해심 많은 미소를 지으려고 애썼지만 그 미소는 그의 장대한 키와 불타는 듯한 빨강 머리, 그리고 오래전 칼에 맞는 바람에 왼쪽 관자놀이에 난 흰머리와는 잘 어울리지 않았다.

"조지아 출신이에요." 그녀가 말했다. "복숭아의 본고장이오."

"조지아는 분명 아름답겠지요." 호스가 말했다.

"네, 정말 아름다워요." 수지가 말했다. "실례지만 쪼끔만 기다려 주시겠어요?" 그녀는 그렇게 말하고 탈의실에서 나오는 눈부신 검은 머리 아가씨를 향해 쏜살같이 나아갔다. 검은 머리 아가씨는 밝은 빨간색 벨벳 골반바지를 입고 있었다. 호스는 그리로 가서 저 아가씨에게도 영화든 뭐든 하러 가자고 말을 붙여야겠다고 생각했다.

"꼭 폴리베르제르프랑스 파리에 있는 유명 뮤직홀 무대 뒤에 와 있는 기분이로군." 마이어가 속삭였다.

"폴리베르제르 무대 뒤에 가 본 적 있어?" 호스 역시 속삭였다.

"아니, 하지만 분명 꼭 이럴 거야."

"더 낫지."

"자넨 가 봤어?"

"아니."

"짜잔, 저 돌아왔어요." 수지는 미소를 지으며 긴 금발 머리를 쓸어 넘기고 덧붙였다. "너무 꽉 끼는 것 같지 않아요?"

"뭐가요?" 마이어가 말했다.

"저 여자분이 입으신 바지 말이에요."

"아, 예, 좀 끼는 것 같네요. 엔디콧 양, 와인버그가 살해당한 날 밤 말인데요……."

"아, 예, 정말 끔찍한 일이에요. 그렇죠?"

"네, 그렇죠." 호스는 온화하고 부드럽게 말했다.

"물론 범죄자라는 얘긴 들었지만요. 와인버그란 사람 말이에요."

"누가 그러던가요?"

"어빙이오. 그 사람 범죄자 맞나요?"

"사회에 진 빚은 갚았죠." 호스는 부드럽고 온화하게 말했다.

"아, 네. 그랬겠죠." 수지가 말을 받았다. "그래도요."

"어쨌든 간에," 마이어는 한 손을 벗어진 정수리에 올린 채 청자색 눈을 굴려 보이며 말했다. "그 사람은 살해당했고 저희는 그 살인 사건을 수사 중인데요. 불편하지 않으시다면 그날 밤에 관해 몇 가지 여쭤 보고 싶습니다, 엔디콧 양."

"어머, 불편할 건 없답니다." 수지가 말했다. "그런데 쪼끔만 실례 좀 해도 될까요?" 그녀는 그렇게 말한 다음 다리 긴 빨강 머리 아가씨가 스웨터 여러 벌을 안은 채 계산을 기다리고 있는 계산대로 향했다.

"우린 이 가게에서 빠져나가지 못할 거야." 마이어가 말했다.

"딱히 나쁠 거 없잖아." 호스가 말했다.

"자네한테야 딱히 나쁠 거 없겠지. 하지만 난 저녁 시간에 맞춰 돌아가지 않으면 사라한테 죽는다고."

"그럼 먼저 가지그래?" 호스는 씩 웃어 보였다. "여긴 나 혼자도 될 것 같은데."

"아무렴, 그렇겠지." 마이어가 말했다. "그런데 문제는 말이야, 우리가 와인버그를 살해한 놈을 찾아내야 한다는 거야. 그게 문제라고."

"자, 저 다시 왔어요." 수지는 미소를 짓고는 긴 금발 머리를 쓸어 넘겼다. "미셸에게 대신 좀 봐 달라고 했으니까 이제 다시 이야기가 끊길 일은 없을 거예요."

"정말 친절하시군요, 수지." 호스가 말했다.

"그런 말씀 마세요." 그녀는 다시 미소를 지어 보였다.

"그날 밤 말인데요……."

"네." 초롱초롱 즉각 대답하는 모양새에서 협력하겠다는 의지가 역력히 엿보였다. "뭘 알고 싶으신가요?"

"우선, 어빙 크러치의 아파트에 언제쯤 도착하셨죠?"

"일곱 시 삼십 분쯤이었을 거예요."

"크러치 씨와 아신 지는 얼마나 되셨습니까?" 호스가 물었다.

"사 년째 같이 살다시피 하고 있어요." 수지가 갈색 눈을 크게 뜨며 대답했다.

"오."

"그래요."

"그렇군요."

"물론 아파트는 따로 있지만요."

"물론 그러시겠죠."

마이어가 목청을 가다듬었다. "그러니까…… 어…… 내가 무슨 말을 하고 있었더라?" 그는 호스를 돌아보았다.

"언제 도착했는지." 호스가 말했다.

"아, 그렇지. 일곱 시 반이라고 하셨죠?"

"네, 그래요."

"도착하신 다음 뭘 하셨습니까?"

"어빙이 제게 마티니를 한 잔 줬어요. 으음, 사실 두 잔 마셨어요. 전 마티니를 좋아하거든요. 마티니 정말 좋지 않으세요?" 그녀가 호스에게 물었다.

"으음." 호스가 말했다.

"거기 계시는 동안 다른 사람은 없었나요?"

"없었어요."

"전화는요?"

"있었어요."

"혹시 누가 건 전화인지 아십니까?"

"무슨 형사랬어요. 전화 끊을 때 보니까 어빙이 무척 기뻐하더라고요."

"혹시 약혼하신 사이라거나?" 호스가 물었다. "그런가요?"

"결혼하기로 약속했냐는 말씀이세요?"

"네, 결혼 약속이오."

"어머, 그럴 리가 있나요." 수지가 말했다.

마이어는 다시 목청을 가다듬었다. "아파트에서 나오신 시각은 어떻게 되지요?"

"여덟 시 삼십 분쯤이었어요. 여덟 시 삼십 분이었을 거예요. 살짝 이를 수도 있고 살짝 늦을 수도 있어요. 하지만 대략 여덟 시 삼십 분이었다고 생각해요."

"그리고 어딜 가셨나요?"

"램스 헤드에요." 그녀는 호스를 향해 미소를 지어 보였다. "식당이에요. 거기 가 보셨나요?"

"아뇨. 안 가 봤습니다."

"정말 좋은 식당이에요."

"식당에서는 언제쯤 나오셨나요, 엔디콧 양?"

"열 시 삼십 분쯤이에요. 물론 말씀드렸다시피 살짝……."

"네, 아무튼 열 시 삼십 분쯤이셨다고요."

"네."

"그런 다음 뭘 하셨습니까?"

"홀 가를 따라 걸으면서 윈도쇼핑을 했어요. 킬케니에서 정말 근사한 파자마를 봤답니다. 아마 이탈리아제였을 거예요. 어쩜 그렇게 화려하던지."

"홀 가에서는 얼마나 계셨나요?"

"한 시간쯤이었을까요? 아마 한 시간쯤이었을 거예요."

"그런 다음 뭘 하셨죠?"

"어빙의 아파트로 돌아왔어요. 저희는 어빙의 아파트로 가든가 제 아파트로 가든가 둘 중 하나예요. 전 시내의 더 쿼터에 살거든요." 그녀는 그렇게 말하며 호스를 올려다보았다. "첼시 가를 아시나요?"

"네, 압니다." 호스가 말했다.

"첼시 가 십이와 이분의 일 번지예요. 육B 호실이고요. 액운 때문에 그랬대요."

"뭐라고요?"

"십이와 이분의 일 번지 말이에요. 십삼 번지여야 했는데 건물 주인이 미신을 믿어서요."

"네, 이 도시에는 그런 건물이 참 많죠."

"십삼 층이 아예 없는 건물도 많아요. 그러니까, 열세 번째 층이 있기는 한데 십사 층이라고 부르는 식으로요."

"네, 알고 있습니다."

"첼시 가 십이와 이분의 일 번지예요. 육B 호실에, 햄튼 4-8100번." 그런 다음 그녀는 다시 덧붙였다. "제 전화번호예요."

"그래서 열한 시 반쯤 크러치 씨의 아파트로 돌아가셨군요." 마이어가 말했다. "그런 다음 뭘 하셨습니까?"

"한동안 텔레비전을 봤어요. 버디 해킷이 나왔어요. 그 사람 정말 웃겨요. 버디 해킷 정말 좋지 않으세요?" 그녀는 호스를 올려다보았다.

"네, 저도 참 좋아합니다." 호스가 그렇게 말하자 마이어가 그를 향해 묘한 표정을 지어 보였다. "아주 웃기죠." 호스는 마이어를 무시한 채 말했다.

"진짜 사랑스러워요."

"텔레비전을 보신 다음엔 뭘 하셨나요?" 마이어가 말했다.

"사랑을 나눴어요." 수지가 말했다.

마이어는 목청을 가다듬었다.

"두 번요." 수지가 덧붙였다.

마이어는 다시 목청을 가다듬었다.

"그러고 나서 잠을 잤어요. 그러다 한밤중에 웬 이탈리아계 형사가 문을 두드리더니 우리가 어디에 있었냐, 뭘 했냐며 온갖 질문을 해 댔어요. 그 사람 그렇게 한밤중에 문을 두드리고 그런 바보 같은 질문을 해도 되는 건가요?"

"네, 그 사람은 됩니다." 호스가 말했다.

"너무해요." 수지가 말했다. "너무하다고 생각하지 않으세요?" 그녀는 호스에게 물었다.

"그게 일이니까요." 호스는 힘없이 미소를 흘리면서 다시금 마이어의 시선을 회피하려 애썼다.

"열한 시 삼십 분에서 오전 세 시 사이에 둘 중 한 분이라도 아파트 밖으로 나가신 적이 있나요?" 마이어가 물었다.

"아뇨. 말씀드렸잖아요. 처음엔 텔레비전을 봤고 그다음엔 사랑을 나눴고 그다음엔 잤어요."

"내내 거기 계셨다고요?"

"네."

"두 분 다요."

"네."

"크러치 씨가 아파트를 나가지 않으셨다고요."

"네."

"주무시고 계셨는데 그 사람이 나갔는지 안 나갔는지 어떻게 아십니까?"

"그게, 아마 두 시까지는 잠들지 않았거든요. 원래 좀 시간이 걸리는 법이잖아요."

"오전 두 시까지 깨어 계셨다고요?"

"네."

"크러치 씨는 아파트를 나가지 않으셨고요?"

"네."

"침실 밖으로는 나가셨나요?"

"아뇨."

"밤새 한 번도?"

"밤새 한 번도요."

"알겠습니다." 마이어가 말했다. "더 할 말 있나, 코튼?"

"성함이 코튼이에요?" 수지가 물었다. "삼촌 중에도 코튼이라는 분이 계시는데."

"제 이름도 코튼이랍니다." 호스가 말했다.

"코튼 매더16세기 말~17세기 초 뉴잉글랜드 청교도 사회의 대표적인 목사이자 역사가 이름을 따서요?"

"그렇습니다."

"우연의 일치군요?" 수지가 말했다. "정말 근사한 우연이에요."

"더 물을 게 있나?" 마이어가 다시 말했다.

"어…… 응." 호스는 그렇게 말하고 마이어를 바라보았다.

"난 밖에서 기다리지." 마이어가 말했다.

"그래." 호스가 말했다.

그는 마이어가 가게 안을 서성이는 아가씨 무리를 헤치고 나아가는 모습을 지켜보았고, 마이어가 앞문을 열고 인도로 나가는 모습도 지켜보았다.

"딱 하나만 더 물을게요, 수지." 그가 말했다.

"네, 뭔가요?"

"저랑 같이 영화 보러 가실래요? 아님 다른 거라도?"

"어머, 안 돼요." 수지가 말했다. "어빙이 좋아하지 않을 거예요." 그녀는 미소를 지으며 큰 갈색 눈으로 그를 올려다보았다. "정말 죄송해요. 정말로요. 하지만 어빙은 그런 걸 좋아하지 않을 거예요."

"네, 뭐, 협조해 주셔서 고맙습니다, 엔디콧 양." 호스가 말했다. "정말 감사드립니다. 죄송합니다…… 어…… 이렇게 폐를 끼쳐서요. 정말 고맙습니다."

"별말씀을요." 수지는 그렇게 말한 다음 또 다른 탈의실에서 쏟아져 나오는 또 다른 아름다운 검은 머리 아가씨를 향해 돌진했다.

호스는 그 검은 머리 아가씨를 바라보다가 또 다른 퇴짜의 위험을 감수하지는 않기로 결심했다. 그리고 마이어가 기다리고 있는 인도로 나섰다.

"성공했어?" 마이어가 물었다.

"아니."

"어쩌다가? 난 확실할 거라고 생각했는데."

"나도 그럴 줄 알았어. 크러치가 진짜 사랑스러운가 봐."

"자네도 진짜 사랑스러워."

"시끄러워." 호스는 그렇게 대꾸했고, 두 사람은 형사실로 돌아갔다. 호스는 보고서를 작성한 다음, 사람들이 아침 영업시간 전에 잠시 가게 뒤에 쌓아 둔 상자에서 우유를 훔쳐 간다며 민원을 넣은 식료품점 주인을 만나러 나갔다. 마이어는 어느 폭행 피해자를 만나 그에게 용의자 식별용 사진을 보여 주었다. 와인버그 사건에는 오랫동안 매달릴 만큼 매달렸으니 이제 미결인 채로 놓아두고 새로운 진척 사항이 나오기를 기다리는 수밖에 없었다.

그러는 동안 베스타운으로 향하는 페리 위에서는 다른 두 경찰이 하브 강에서 불어오는 6월의 온화한 산들바람을 열심히 들이미시고 있었다. 코트도 모자도 없이 카렐라와 브라운은 난간 곁에 서서 멀어져 가는 아이솔라 시의 스카이라인을, 그리고 예인선, 원양 여객선, 해군 구축함대, 바지선과 평저선이 제각기 경적을 울리고, 통통거리고, 종을 울리고, 증기를 뿜어내고, 요란하게 물거품이 이는 항적을 남기며 강 위를 분주히 오가는 모습을 바라보았다.

"이게 아직도 이 도시에서 제일 싼 데이트 코스야." 브라운이 말했다. "사십오 분 동안 배 타는 데 오 센트면 되니 당할 게 없지."

"난 결혼 전에 테디와 페리를 탈 때마다 나한테 오 센트짜리 동전 하나만 있으면 좋겠다고 생각했는데." 카렐라가 말했다.

"캐롤라인이 이걸 좋아했지. 겨울이든 여름이든 안에 앉아 있는 건 싫어했어. 궁둥이가 얼어 터질 것 같은 날에도 늘 이렇게 뱃머리에 나와 있었지."

"가난뱅이를 위한 유람선 여행이랄까."

"달빛과 바닷바람……."

"콘서티나_{아코디언의 일종} 소리가 들려오고……."

"예인선은 빵빵거리고……."

"꼭 워너브라더스 영화 같잖아."

"가끔은 진짜 그런 기분이 들 때도 있었어." 브라운은 우수 어린 목소리로 말했다. "이 도시엔 내가 가지 못하는 곳이 많아, 스티브. 갈 형편이 안 돼서 못 가는 곳도 있고, 날 원하지 않는다는 게 분명해서 가지 못하는 곳도 있고. 하지만 베스타운 페리 위에서라면 나도 영화의 주인공이 될 수 있어. 애인을 뱃머리로 데리고 나와 얼굴에 와 닿는 바람을 느끼며 흑인 험프리 보가트가 된 것처럼 입을 맞추는 거지. 난 이 페리가 진짜로 마음에 들어. 정말로."

"그래." 카렐라는 고개를 끄덕였다.

"아무렴." 로버트 쿰스가 말했다. "그 사진 조각을 갖고 있었지."

"갖고 계셨다고요?" 브라운이 말했다.

"갖고 있었지, 그래." 쿰스는 그렇게 말하고 핫도그 판매대 앞 인도에 침을 뱉었다. 나이는 예순쯤 되어 보였고 얼굴에는 풍파에 시달린 기색이 역력했으며 황백색 머리카락이 시든 옥수숫대처럼 삐죽삐죽 솟아 있어서 전반적으로 희끗희끗하다는 인상을 풍겼다. 그는 자신의 영업장('밥의 길가') 앞 스툴에 앉아 두 형사와 대화를 나누었다. 핫도그 판매대는 인적이 드문 24번 도로에 있었다. 어느 날이든 어느 방향으로든, 지나가는 차가 여남은 대도 안 될 것 같은 그런 자리였다.

"어디서 나셨습니까?" 카렐라가 물었다.

"피트 라이언이 강도질하기 전에 나한테 줬지." 쿰스가 말했다. 금빛 속눈썹이 에워싸고 있는 옅은 푸른빛 눈동자 위에 백금색 겉눈썹이 걸려 있었다. 치아의 색깔은 겉눈썹과 같았다. 그는 다시 인도에 침을 뱉었다. 브라운은 밥의 길가에서 음식을 먹는다는 건 어떤 기분일까 생각해 보았다.

"라이언이 왜 그걸 줬죠?" 카렐라가 물었다.

"우린 좋은 친구였거든." 쿰스가 말했다.

"그 얘기 좀 해 주시죠." 브라운이 제안했다.

"뭐하러? 이젠 그 사진 없다고 이미 말했잖아."

"지금은 어디 있습니까?"

"난들 아나." 쿰스는 어깨를 으쓱이고는 침을 뱉었다.

"은행 털기 얼마 전이었죠?" 카렐라가 말했다.

"뭐가 얼마 전이냐고?"

"사진을 준 게요."

"사흘 전."

"피트가 찾아와서……."

"그렇지."

"선생님께 스냅사진 조각을 건넸고……."

"그렇지."

"그리고 뭐라던가요?"

"사건이 잠잠해질 때까지 갖고 있으랬지."

"그런 다음에는요?"

"그럼 와서 찾아가겠다고 했지."

"이유를 말하던가요?"

"잡혔을 때를 대비한댔어."

"사진을 지닌 채로 경찰에 잡히고 싶지 않았단 뜻이었겠죠?"

"그렇지."

"그것에 대해 어떻게 생각하셨죠?" 브라운이 물었다.

"뭔 생각? 친구가 부탁을 하면 들어줘야지. 생각할 게 뭐 있나?"

"혹시 그 사진이 뭘 뜻하는지 아십니까?"

"아무렴."

"무슨 뜻이죠?"

"녀석들이 훔친 돈을 어디다 박아 뒀는지 보여 주는 거지. 누굴 머저리로 아나?"

"사진을 완성하려면 몇 조각이 필요한지 피트가 말했나요?"

"아니."

"그냥 다시 와서 찾아갈 때까지 그 조각만 갖고 있으라고 했다고요?"

"그렇지."

"그렇군요. 그럼 그 조각은 지금 어딨습니까?"

"쓰레기장에 버렸어."

"왜요?"

"피트가 죽었거든. 조각을 받으러 오지 못할 테니까, 버렸지."

"더 큰 사진의 일부라는 걸 아시면서도요? 그 사진에 NSLA 돈을 숨겨 놓은 장소가 나와 있는데도요?"

"그렇지."

"언제 버리셨습니까?"

"은행을 턴 다음 날. 피트가 죽었다는 걸 신문에서 읽자마자."

"엄청 서둘러서 버리셨군요?"

"엄청 서둘렀지, 그래."

"왜죠?"

"은행털이랑 엮이고 싶지 않았으니까. 그 사진이 위험한 물건이라면 난 끼고 싶지 않았어."

"하지만 처음에 피트가 줬을 때는 받으셨잖아요?"

"그렇지."

"그 사진이 은행에서 턴 돈을 숨길 장소를 가리키고 있다는 사실을 아셨으면서도요."

"짐작만 한 거지. 확실히는 몰랐어."

"언제 확실히 아셨나요?"

"그야, 지금도 확실히는 모르지."

"하지만 은행이 털린 다음에는 불안해지셔서 피트가 준 조각을 버리신 거군요."

"그렇지."

"그게 육 년 전 일이었죠, 쿰스 씨?"

"그렇지."

"쓰레기장에 버리셨다고요."

"쓰레기장, 그래."

"그 쓰레기장은 어디 있습니까?"

"뭐가 어딨냐고?"

"쓰레기장이오."

"뒤에."

"저기 뒤에요?"

"그렇지."

"저희와 함께 뒤로 가셔서 쓰레기장 어디쯤에 버리셨는지 가르쳐 주시겠습니까?"

"아무렴." 쿰스는 스툴에서 일어나 침을 뱉고 형사들을 핫도그 판매대 뒤편으로 안내했다. "저기야." 그가 손으로 가리켰다. "저기 쓰레기통 중 하나야."

"그 작은 사진 조각을 이 뒤로 가져오신 다음 쓰레기통 뚜껑을 열고 안에 넣으셨다, 이 말씀이시죠?"

"그렇지."

"어떻게 하셨는지 보여 주십쇼." 브라운이 말했다.

쿰스는 흥미롭다는 듯 그를 바라보았다. 그러고는 어깨를 으쓱한 다음 엄지와 검지로 사진 조각을 들고 있는 시늉을 해 보이더니 가장 가까이에 있는 쓰레기통으로 들고 가서 뚜껑을 열고, 존재하지 않는 사진 조각을 쓰레기통 안에 넣고, 뚜껑을 닫고, 경찰들 쪽을 돌아보았다. "이렇게. 이렇게 버렸어."

"거짓말을 하시는군요." 브라운이 심드렁하게 말했다.

물론 두 형사 중 누구도 쿰스가 거짓말을 하는 것인지 아닌지 알지 못했고, 쓰레기통을 두고 벌인 작은 흉내 내기 놀이 또한 아무것도 증명해 주지 못했다. 그러나 대중을 대상으로 한 영상물 중에는 범죄 수사에 따른 범행의 간파와 관련된 작품이 많았다. 모름지기 혈기왕성한 미합중국 시민이라면 누구나 텔레비전 프로그램과 영화에 지속적으로 노출된 덕분에 경찰이 언제나 까다로운 질문과 속임수를 써서 거짓말하는 사람에게 덫을 놓는다는 사실을 잘 알고 있었다. 쿰스도 그런 영화와 텔레비전 프로그램을 익히 봐 온 터였고, 그래서 그는 자신이 쓰레기통으로 걸어가 뚜껑을 열고 상상 속의 사진 조각을 버리는 과정에서 뭔가 실수를 저지르는 바람에 두 예리한 형사가 자신이 거짓말을 하고 있다는 사실을 알아차리게 됐으리라 확신하고는 심장이 멎는 듯한, 얼굴에서 핏기가 빠져나가는 듯한, 이가 덜덜 떨리는 듯한 기분을 느꼈다.

"거짓말이라고?" 그가 말했다. "내가? 거짓말을 해?" 그는 다시 침을 뱉으려고 했지만 목구멍 근육이 말을 듣지 않아 거의 질식할 뻔하다가 결국 격한 기침을 터뜨렸다.

"같이 좀 가 주시겠습니까?" 카렐라는 준엄하고도 거만한 태도를 취하며 그가 낼 수 있는 가장 경찰다운 목소리로 말했다.

"무…… 무…… 무슨……?" 쿰스는 그렇게 말하고는 다시 기침을 터뜨렸다. 얼굴이 보랏빛으로 물들었다. 그는 한 손을 핫도그 판매대 뒷벽에 짚은 채 고개를 숙여 벽에 기댄 다음 숨을 고르며 분별력을 찾으려 애썼다. 형사들이 자신을 농락하고 있었지만 혐의가 무엇인지도 알 수 없었고 이렇게 시간을 벌어 보려 하는 사이 몸집 큰 흑인 형사가 뒷주머니에서 잔인하게 생긴 톱니가 달린 수갑을 꺼냈다. 오, 젠장, 체포되는 건가. 하지만 대체 왜?

"무슨 죄로, 무슨 혐의로, 무슨, 내가, 뭘 했다고?"

"잘 아실 텐데요, 쿰스 씨." 카렐라가 차갑게 말했다. "선생은 증거를 인멸했습니다."

"그건 중죄입니다." 브라운이 말했다. 거짓말이었다.

"형법 팔백십이 항에 나와 있죠." 카렐라가 거들었다.

"저기, 난……,"

"가시죠, 쿰스 씨." 브라운은 수갑을 내밀었다.

"만약에…… 만약에 내가 그걸, 사진을 버리지 않았다면?" 쿰스가 물었다.

"그러셨습니까?"

"안 버렸어. 갖고 있어. 당신들에게 줄게. 준다니까."

"가져오시죠." 브라운이 말했다.

페리보트는 추론을 하기에 좋은 장소다. 또한 그곳은 남의 이야기를 듣기에도 좋은 장소다. 그래서 아이솔라로 돌아오는 길에 카렐라와 브라운은 각자 조금씩 추론도 해 보고 이야기도 들었다.

"은행털이에는 네 명이 참여했지." 브라운이 말했다. "카마인 보나미코가 지휘를 맡았고……."

"그런 것도 지휘라면 말이지." 카렐라가 말했다.

"도주용 통차를 몬 제리 스타인이랑 총잡이 루 다모르와 피트 라이언. 그렇게 넷이야."

"그래서?"

"그러니까 생각해 보자고. 피트 라이언은 스냅사진 한 조각을 이모인 도로테아 맥널리에게 줬고 다른 조각은 마음씨 좋은 옛 친구 로버트 쿰스에게 줬어……."

"길가에서 커다란 상점을 운영하시는 우리의 밥 선생 말이지."

"그렇지. 그 말인즉, 산술 추론이라는 방법을 이용해 보자면, 라이언은 한때 스냅사진 두 조각을 갖고 있었다는 뜻이야."

"그렇지."

"그렇다면 일당 각자가 마찬가지로 스냅사진을 두 조각씩 갖고 있었다고 추정하는 게 논리적이지 않을까?"

"논리적이긴 하지만 반드시 그렇다고만은 할 수 없지." 카렐라가 말했다.

"무슨 말인가, 홈스?"

"기초적인 거라네. 자네는 사진이 총 여덟 조각뿐이라고 가정하고 있지. 하지만 사의 다른 배수를 떠올려 본다면, 우리는 열두 조각이나 열여섯 조각, 혹은 그 이상 역시 마찬가지로 논리적이라고 말할 수……."

"난 여덟일 것 같은데." 브라운이 말했다.

"왜 하필 여덟인데?"

"자네가 강도질을 계획하고 있다면 사진을 열두 조각으로 자를 것 같아? 아님 열여섯 조각이나?"

"아니면 스무 조각이나?"

"그러겠어?"

"시작부터 틀려먹었다고 봐." 카렐라가 말했다. "나 같으면 애초에 사진을 안 잘라."

"난 여덟이라고 생각해. 사람 넷, 각자 두 조각씩. 우리에겐 이제 그중 여섯 조각이 있어. 아마도 제리 퍼거슨의 금고에서 일곱 번째 조각을 찾게 되겠지. 그럼 한 조각만 남는 거야. 한 조각이라고. 한 조각만 더 찾으면 편하게 집에 갈 수 있어."

그러나 저 현명한 스코틀랜드 시인 로버트 번스가 말한 바 있듯, 심혈을 기울여 짠 계획도……로버트 번스의 시 '생쥐에게, 쟁기로 그녀를 굴에서 파낸 것에 관하여'에 나오는 문구. '생쥐와 인간이 심혈을 기울여 짠 계획도 / 곧잘 엇나가며 / 우리에게 약속된 기쁨 대신 / 슬픔과 고통만을 남기곤 하는 법이니!'.

그날 오후, 그들은 제럴딘 퍼거슨에게 금고를 열 것을 명하는 영장을 들고 퍼거슨 갤러리를 찾아갔다. 그들은 금고를 샅샅이 뒤져 온갖 물건을 찾아냈지만 그중 범죄와 관련된 것은 하나도 없었고 다른 사진 조각을 발견하지도 못했다. 월요일이 다 끝나갈 무렵에도 그들이 손에 넣은 사진 조각은 여섯뿐이었다.

여섯.

세어 보자.

여섯.

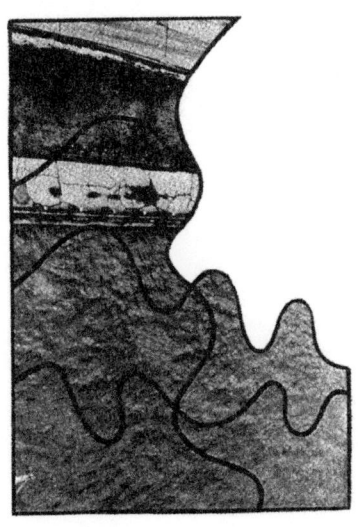

한밤중, 침묵이 감도는 형사실에서 이처럼 짜 맞춘 조각을 들여다보던 두 사람은 문득 무언가 크게 잘못됐다는 사실을 깨달았다.

이 사진에는 하늘이 없었다. 그리고 하늘이 없었기 때문에 위와 아래, 상단과 하단도 없었다. 그들은 이 풍경을 어느 방향으로 보아야 하는지 알 수 없었고, 그래서 아무것도 알 수 없었다.

10

 나일론 스타킹이 그녀의 목에 단단히 감긴 채 부드러운 살갗에 깊이 파고들어 있었다. 두 눈이 툭 튀어나왔고, 인형 옷 같은 나이트가운과 비키니 팬티 차림으로 침실 청록색 깔개 위에 죽어 널브러진 모습은 그로테스크했다. 침대에서 흘러내린 시트가 뒤틀린 한쪽 다리에 감겨 있었다.
 제럴딘 퍼거슨은 다시는 이탈리아어로 욕설을 내뱉지 못할 테고, 다시는 유부남 스페이드에게 잠자리를 제안하지도 못할 것이며, 다시는 회화나 조각에 터무니없는 가격을 매기지도 못할 터였다. 제럴딘 퍼거슨은 목숨을 빼앗긴 채로 그녀의 갤러리 벽에서 요란한 소리를 질러 대던 기하학적인 도안들만큼이나 각지고 괴상한 자세를 취하고 있었다. 청록색 깔개가 덮인 보금자리 안에는 죽음의 침묵과 비명이 가득했고 침실은 아수라장이었다. 도널드 레닝거와 앨버트 와인버그의 방에서 저질러진 바 있는 지긋지긋한 아수라장이 재현된 것이다. 보물을 찾는 자가 미쳐 날뛰는 모양이었다. 75만 달러를 찾는 모험은 이제 급박한 절정을 향해 치닫고 있었다. 제리의 금고에서 나오리라 기대했던 물건을 발견하지 못한 경찰은 제리의 아파트를 박살 내고 그녀를 목 졸라 죽인 누군가에게는 좀 더 운이 따르지 않았을까 하고 추측해 보았다.

아서 브라운은 복도로 나가며 엉뚱하게도 제리가 시내 인도 위에서 롤러스케이트를 타 본 적이 있을지 궁금했다.

그들은 그날 밤 어느 게이바에서 브램리 칸과 접촉했다.

그는 하얀 리넨 골반바지 위에 양단 네루 재킷을 입고 있었다. 손은 검은 가죽 재킷을 입은 곱슬머리 청년의 어깨 위에 올라가 있었다. 왼손 새끼손가락에는 회색빛 담수 진주가 박힌 금반지를 끼고 있었다.

살짝 취한 가운데 대놓고 교태를 부리던 그는 경찰을 보자 깜짝 놀란 눈치였다. 사방이 남자와 춤추는 남자, 남자에게 속삭이는 남자, 남자를 껴안은 남자로 가득했지만 그래도 칸은 경찰을 보고 놀랐다. 이곳은 경찰의 출입을 엄격하게 금하는(게이 경찰은 예외였지만) 게이 전용 클럽이 있으며, 여섯 살짜리 소년이 날라리 게이에게 비역질이라도 당하지 않는 한 아무도 개의치 않는, 세계에서 가장 개방적인 도시였기 때문이다. 이곳은 지극히 평범한 게이바로 말썽이 일어난 적이 없었고 질투로 가득한 다툼도 없었으며 법적으로 성인이 된 사람들이 조용히 자기 일에만 관심을 쏟는 그런 곳이었다. 그래서 칸은 경찰을 보고 몹시 놀랐다.

그는 제럴딘 퍼거슨이 죽었다는 소식에 더욱 놀랐다.

그는 경찰에게 오늘은 화요일이고, 화요일은 보통 제리가 쉬는 날이라고 거듭해서 말했다. 그녀는 화요일에 쉬었고 그는 수요일에 쉬었다. 따라서 그는 갤러리에서 그녀를 만나리라고 기대하지 않았고 그녀가 출근하지 않았다 하더라도 놀라지 않았다. 그는 6시에 갤러리를 닫고 친한 친구와 조용히 식사를 한 다음 잠자리에 들기 전에 한잔할 요량으로 이곳 더 쿼터에 왔다. 아서 브라운은 그에게 시 외곽의 형사실까지 같이 가 줄 수 있겠느냐고 물었고 칸은 반대할 이유는 없지만 먼저 변호사와 이야기를 해 보는 게 좋겠다고 말했다. 브라운은 그에게는 변호사를 만날 권리가 있으며 변호사가 있든 없든 원하지 않는다면 어떤 질문에도 대답할 필요가 없다고 말해 준 다음, 미란다 에스코베도 원칙을 낱낱이 읊어 주고 칸의 권리를 일러 주었다. 칸은 주의 깊게 설명을 들은 다음 변호사에게 연락하여 형사실에서 심문이 진행되는 동안 동석해 달라고 하는 편이 낫겠다고 결정했다. 이처럼 아무리 개방적인 도시라고 히더리도 살인이란 퍽 심각한 일이기 때문이었다.

변호사는 아나톨 페티파스라는 사람으로, 그는 브라운에게 싸구려 좌석에 앉아 있느라 무대가 잘 안 보였던 사람을 위하여 다시 한 번 미란다 에스코베도 원칙을 공연해 달라고 요구했다. 브라운은 인내심을 갖고 칸의 권리를 다시 한 번 설명했고, 칸이 전부 이해했다고 말하자 페티파스는 모든 것이 적절한 사법 절차에 의해 이루어졌다는 사실에 대해 만족한 모습을 보이면서 형사들에게 이제 자신의 의뢰인에게 묻고자 했던 질문을 해도 좋다는 신호를 보내 주었다. 네 명의 형사들이 느슨한 원을 그린 채 칸을 에워싸고 있었지만 질문이 너무 거칠어질 경우 언제든 싸움판에 뛰어들 준비가 되어 있는 페티파스의 존재가 네 사람의 무게를 상쇄해 주었다. 그들이 여기서 다루고자 하는 것은 살인 사건이었고 위험을 무릅쓰고 싶은 이는 아무도 없었다.

그들은 '오전 두 시에 어디에 계셨습니까?(검시관이 제리 퍼거슨의 사망 시각으로 추정한 시각)'라든가 '누구와 함께 계셨습니까?'라든가 '어디에 가셨지요?'라든가 '누군가 선생님을 본 사람이 있습니까?' 등과 같은, 경찰이 늘 늘어놓기 마련인 온갖 판에 박힌 질문(질문하는 사람마저 잠들 만한)을 던져 댔다. 브라운, 카렐라, 마이어, 호스는 번갈아 가며 매끄럽고 효과적으로 질문을 던졌다. 그리고 마침내 그들은 다시 사진으로 돌아왔다. 모든 것은 언제나 사진으로 귀결되었다. 형사실의 경찰들이 보기에는 지금까지 네 사람이 살해당했고, 그 네 사람 모두 NSLA에서 강탈한 돈의 행방을 보여 주는 사진 조각을 소유하고 있었다는 사실이 명백했으니만큼 그보다 더 뚜렷한 동기가 따로 있었다면 진즉 발에 차였을 터였다.

"토요일에 갤러리에서 만났을 때 말인데요." 브라운이 말했다. "당신은 제리 퍼거슨이 어떤 사진 조각을 갖고 있다고 했습니다. 그 말을 했을 당시……,"

"잠깐만요." 페티파스가 끼어들었다. "오늘 이전에도 제 의뢰인과 대화를 나누셨습니까?"

"네, 얘기한 적 있습니다."

"그때는 권리를 일러 주셨습니까?"

"현장 조사 중이었습니다." 브라운이 지겹다는 듯 말했다.

"제게 경찰이라고 밝히지 않으셨죠." 칸이 말했다.

"사실입니까?" 페티파스가 물었다.

"사실입니다."

"중요한 사항일 수도 있겠군요."

"반드시 그렇지는 않지요." 브라운이 그렇게 말하고는 미소 지었다. 다른 형사들도 함께 미소 지었다. 그들은 세 통으로 작성된 수천 부의 사회단체 보고서를 떠올리고 있었다. 예를 들어, 열네 살에 마약 소지 혐의로, 열여섯 살에는 마약 소지 및 판매 혐의로, 열여덟 살에는 갈색 종이봉투에 헤로인 12킬로그램을 담아 밀매하려다 체포된 청년의 모든 범죄 경력을 기록한 다음, 겉표지에 다음과 같은 말을 적어 놓은 보고서 말이다.

반드시 중요한 사항은 아님.

"계속하십시오." 페티파스가 말했다.

"선생의 의뢰인이 퍼거슨 양이 그 사진 조각을 갖고 있다는 사실을 분명히 알고 있었는지 묻고 싶습니다."

"분명히 알았습니다." 칸이 말했다.

"퍼거슨 양은 저희에게 그 조각이 갤러리 금고 안에 있다고 말했죠." 카렐라가 말했다. "당신도 그렇게 생각했습니까?"

"저도 그렇다고 생각했습니다."

"하지만 아시다시피 저희가 금고를 열어 보니 사진은 없더군요."

"알고 있습니다."

"그럼 어디에 있을 거라고 생각했습니까?" 호스가 물었다.

"그 질문은 이해가 안 되는데요."

"조각이 금고에 없다는 사실을 알게 됐을 때, 그러니까 저희가 어제 금고를 열어 사진이 없다는 것을 확인했을 때, 그럼 조각이 어디에 있을 거라고 생각했습니까?"

"짐작 가는 바가 없었습니다."

"퍼거슨 양의 아파트에 있을 거라고 생각했나요?" 마이어 마이어가 물었다.

"어디에 있을지 짐작 가는 바가 없었다고 이미 얘기하지 않았습니까." 페티파스가 말했다. "지금 그 질문은 추측을……,"

"그런 얘긴 법정에서나 하시죠, 변호사님." 카렐라가 말했다. "지금까지 선을 넘은 얘긴 하나도 없었다는 거 잘 알잖습니까. 한 여자가 살해당했단 말입니다. 선생의 의뢰인이 특정 사항에 관해 저희를 만족시켜 준다면 십 분 안에 이곳을 나갈 겁니다. 아니면……."

"아니면 뭡니까, 카넬라 형사?"

"카렐라입니다. 아니면, 일이 어떻게 돌아갈지 우리만큼 잘 아실 거라 믿습니다."

"지금 살인 혐의로 협박하시는 겁니까?"

"누가 살인 혐의라는 말을 꺼냈던가요?"

"암시하는 바가 명확한데요."

"마이어 형사의 질문도 명확했죠. 칸 씨, 사진이 퍼거슨 양의 아파트에 있을지도 모른다고 생각했습니까, 안 했습니까?"

"대답해도 되나요?" 칸이 변호사에게 물었다.

"네, 하십쇼. 해요." 페티파스는 귀찮다는 듯 말했다.

"네, 거기에 있을 수도 있겠다고 생각했던 것 같습니다."

"가서 찾아봤습니까?" 브라운이 물었다.

"미안하지만 거기까지만 합시다." 페티파스가 말했다. "이쯤에서 제 의뢰인에게 더 이상 질문에 대답하지 않는 편이 좋겠다고 조언해야겠군요."

"우리가 칸 씨를 입건하길 바라는 겁니까?"

"마음대로 하십쇼. 굳이 말씀 안 드려도 살인이 심각한……,"

"오, 젠장." 브라운이 말했다. "그냥 협조하면 안 됩니까, 페티파스? 당신 의뢰인이 숨기는 거라도 있습니까?"

"난 숨기는 거 없습니다, 아나톨." 칸이 말했다.

"그럼 그냥 질문에 대답 좀 하게 내버려 둡시다." 스티브 키렐리가 말했다.

"난 질문에 대답할 수 있어요." 칸은 그렇게 말하고 페티파스를 바라보았다.

"좋아요, 해요." 페티파스가 말했다.

"난 그 여자를 죽이지 않았어요, 아나톨."

"좋아요. 계속해요."

"정말 안 죽였어요. 난 숨길 게 없습니다."

"괜찮겠습니까, 변호사님?"

"이미 당신들 질문에 대답해도 된다고 말했습니다."

"고맙습니다. 어젯밤에 제리 퍼거슨의 아파트에 갔습니까?"

"아니요."

"어제 다른 시간에라도?"

"안 갔습니다."

"어제 제리를 봤나요?"

"네, 갤러리에서요. 제리가 나가기 전에 제가 먼저 나갔죠. 형사님들께서 금고를 여신 다음에요."

"당신이 금고에 사진이 없다는 걸 알게 된 다음이란 말이죠?"

"그렇습니다. 그랬죠."

"그리고 당신이 퍼거슨 양의 아파트에 사진 조각이 있을지도 모른다고 생각한 다음이고요?"

"네."

"명단에 대해서 이야기를 해 보죠, 칸 씨."

"뭐요?"

"명단이오."

"무슨 명단이오?"

"당신이 사무실 책상 맨 아래 서랍 안 현금 보관함에 넣어 둔 찢어진 명단 말입니다."

"난…… 무슨 말인지 모르겠군요." 칸이 말했다.

"그 명단에 적힌 사람 중 넷이 이미 살해당했습니다, 칸 씨."

"무슨 명단을 말하는 거죠, 브램?" 페티파스가 물었다.

"몰라요."

"이름이 적힌 목록을 말하는 겁니다, 페티파스 씨." 브라운이 말했다. "아마도 육 년 전 국립저축대부조합에서 훔친 돈의 행방을 보여 줄 것으로 추정되는 사진의 일부를 가지고 있거나 가지고 있었으리라 예상되는 사람들의 이름이죠. 어떤 명단인지 분명히 이해하셨습니까, 칸 씨?"

페티파스는 자신의 의뢰인을 노려보았다. 칸이 그의 시선을 맞받았다.

"대답해요." 페티파스가 말했다.

"네, 어떤 명단인지 분명히 알겠습니다." 칸이 말했다.

"그럼 그 명단이 실제로 존재합니까?"

"존재합니다."

"그 찢어진 일부가 당신 현금 보관함 안에 들어 있었던 것도 분명하고요?"

"분명합니다. 하지만 어떻게……?"

"어떻게 알았는지는 신경 쓰지 말아요. 그 명단을 어디서 손에 넣었습니까?"

"제리가 제게 맡아 달라며 줬습니다."

"제리는 어디서 얻었답니까?"

"모르겠습니다."

"칸 씨, 우리 좀 도와주십쇼." 마이어가 달래듯 말했다.

"전 제리를 죽이지 않았습니다." 칸이 말했다.

"누군가는 죽였죠." 카렐라가 말했다.

"저는 아닙니다."

"그렇다고 한 적 없습니다."

"좋아요. 아신다면 됐습니다."

"누가 제리에게 명단을 줬죠?"

"카마인이오."

"보나미코요?"

"네. 카마인 보나미코요. 명단 절반은 아내에게 주고 나머지 절반은 제럴딘에게 줬어요."

"왜 제럴딘에게?"

"그렇고 그런 사이였으니까요."

"둘이 연인이었다고요?"

"네."

"카마인이 제리에게 사진 조각도 줬습니까?"

"아니요. 그건 제부인 루 다모르에게서 받은 겁니다. 은행털이에는 네 명이 참여했죠. 카마인 보나미코는 사진을 여덟 조각으로 잘랐어요. 물결 모양으로 가로로 절반을 자르고 다시 물결 모양으로 세로로 세 번 잘라 여덟 조각을 만들었죠. 저마다 두 조각씩 주고 자기도 두 조각을 가졌어요. 그러곤 각자 믿을 만한 사람에게 조각을 나눠 주라고 했지요. 일종의 보험을 들어 둔 셈입니다. 조각을 갖고 있는 사람들은 수령인인 거죠. 명단을 맞춰 사진 조각을 모으고 돈을 찾아낼 수 있는 앨리스 보나미코와 제리 퍼거슨은 신탁 관리인이고요."

"누구한테 들은 얘깁니까?"

"제리요."

"제리는 어떻게 알았답니까?"

"베갯머리에서 들은 거죠. 보나미코가 전부 얘기해 줬대요. 그 사람 아내가 명단의 나머지 반쪽에 관해 알고 있었을 것 같진 않습니다. 하지만 제리는 분명히 알았죠."

"그렇게 해서 제리는 사진 조각뿐만 아니라 명단 반쪽까지 손에 넣은 거군요."

"네."

"왜 제리는 명단을 합쳐 다른 조각을 찾으려 하지 않았죠?"

"시도는 했죠."

"뭐가 문제였나요?"

"앨리스요." 칸은 잠시 말을 멈추었다. "생각해 보세요. 형사님 아내 같으면 정부랑 협력하려 하겠습니까?"

"제겐 정부가 없습니다." 카렐라가 말했다.

"여기 명단을 타자기로 쳐 둔 게 있습니다." 브라운이 말했다. "봐 주시죠."

"저걸 봐도 됩니까?" 칸이 변호사에게 물었다.

"네." 페티파스는 경찰 속기사를 돌아보고 말했다. "칸 씨가 이러저러한 이름이 적힌 명단을 보게 됐다고 기록해 주세요. 명단에 적힌 모든 이름을 다 기록해 주시고요."

"제가 명단을 봐도 될까요?" 속기사가 물었다.

브라운이 명단을 건넸다. 속기사는 명단을 읽어 보고 이름을 기록한 다음 다시 브라운에게 건넸다.

"좋습니다, 칸 씨. 이제 이 명단을 봐 주시겠습니까?"

칸은 명단을 받았다.

    앨버트 와인버그

    도널드 레닝거

    유진 T. 에르바흐

    앨리스 보나미코

    제럴딘 퍼거슨

    도로테아 맥널리

    로버트 쿰스

"봤습니다." 그는 명단을 브라운에게 돌려주었다.

"익숙한 이름이 있습니까?"

"세 사람은요."

"누구죠?"

"물론 제리랑, 앨리스 보나미코, 그리고 도널드 레닝거요. 레닝거는 루 다모르에게서 조각을 받은 다른 한 사람입니다."

"어떻게 받았답니까?"

"카라무어에서 감방 동기였다고 합니다. 루가 조각을 부친 곳도 바로 거기였어요. 은행털이가 일어났을 때 레닝거는 아직도 감옥에 있었으니까."

"다른 이름은 어떻습니까?"

"전혀 아는 바 없습니다."

"로버트 쿰스는?"

"모릅니다."

"그의 이름은 당신이 갖고 있던 쪽 명단에 있었는데요. 접촉을 시도해 보지 않았습니까?"

"제리라면 했을지도 모르겠습니다. 전 안 했습니다."

"그렇게까지 흥미가 생기지는 않았던 모양이로군요?"

"아, 물론 흥미야 있었습니다. 하지만 거기까지 찾아갈 정도로……." 칸은 갑자기 입을 닫았다.

"어딜 찾아가신다고요, 칸 씨?"

"알았어요, 베스타운입니다. 실은 쿰스를 만나러 갔습니다. 조각을 주지 않더군요. 천이백 달러를 제안했지만 주지 않았습니다."

"다른 이름들은 어떻습니까? 접촉을 시도해 본 사람이 있나요?"

"어떻게요? 제겐 명단 반쪽밖에 없었는데요."

"이 명단에는 이름이 일곱 개밖에 없습니다, 칸 씨."

"네, 그렇더군요."

"사진은 여덟 조각으로 나뉘었다고 하셨는데요."

"제리 말로는 그랬습니다."

"여덟 번째 조각은 누구에게 있죠?"

"모르겠습니다."

"명단 맨 위에 있는 이름은 어떻습니까, 칸 씨? 앨버트 와인버그요. 이 사람 이름도 들어 본 적이 없다고 하실 겁니까?"

"들어 본 적 없습니다."

"신문 안 읽으십니까?"

"아, 살인 사건 말씀이시군요. 그가 살해당했다는 기사야 물론 읽었습니다. 전 또……."

"또 뭐죠?"

"사건이 일어나기 전부터 알던 사람이었냐는 말씀이신 줄 알았습니다."

"당신이 앨버트 와인버그를 죽였나요?"

"잠깐만요, 브라운 형사……."

"괜찮아요, 아나톨." 칸이 말했다. "아니요, 전 죽이지 않았습니다, 브라운 형사님. 그 사람이 죽던 날 밤 이전에는 그런 사람이 존재한다는 사실조차 알지 못했어요."

"그러셨군요." 브라운이 말했다. "와인버그가 갤러리에 몇 번이고 찾아가 사진에 관해 물었는데도 말이죠?"

"네, 항상 가명을 썼으니까요."

"그렇군요."

"전 어느 살인과도 관계없습니다."

"절 두들겨 팬 것과는 관련이 있습니까?"

"그럴 리가요!"

"그때는 어디 계셨죠?"

"집에서 자고 있었습니다!"

"언제요?"

"형사님께서 맞으신 날 밤에요."

"밤에 일어난 일인 줄은 어떻게 아시죠?"

"잠깐만요, 브라운 형사……."

"아니, 괜찮아요, 아나톨." 칸이 말했다. "제리가 말해 줬습니다."

"제리는 누구에게 들었다던가요?"

"아마 형사님에게서 들었겠죠."

"아뇨, 전 제리에게 아무 말도 하지 않았습니다."

"그럼 다른 데서 들었나 보죠. 아니면 제리가 관여한 일이었는지도 모르고요. 제리가 누군가를 고용해서 형사님이 계시던 호텔로 보내……."

"사건이 일어난 장소는 어떻게 아시죠?"

"제리가…… 제리가 말해 줬습니다."

"제가 호텔 방에서 두 남자에게 습격당했다고 말했다고요?"

"네, 다음 날 얘기해 주더군요."

"제리가 두 남자에 관해 말했을 리 없을 텐데요, 칸 씨. 그건 내가 방금 지어낸 얘기니까. 남자는 하나뿐이었습니다. 얼굴에 스타킹을 쓰고 있었죠."

"어쨌든 전 아니었습니다!" 칸이 소리쳤다.

"그럼 누구였지?" 아서 브라운이 마주 소리쳤다. "앨버트 와인버그가 살해당하던 날 밤에야 그에 대해 알게 됐다고 방금 말했잖아. 어떻게?"

"다음 날 아침에 알게 됐단 말이었죠. 신문에서······."

"당신은 '그 사람이 죽던 날 밤'이라고 말했어. 그날 밤 전까지는 그런 사람이 존재한다는 사실조차 몰랐다고 말했고. 그럼 그의 존재를 어떻게 알게 된 거지, 칸 선생? 전화기 옆에 펼쳐진 내 수첩에서 본 건가?"

"잠깐만요, 잠깐만요." 페티파스가 소리쳤다.

"난 그 사람을 죽이지 않았어!" 칸이 소리쳤다.

"내 방을 나가자마자 녀석을 찾아간 건가?"

"아니야!"

"잠깐만요!"

"세 블록을 걸어 놈의 방으로 가서······."

"아니야!"

"네가 놈을 죽인 거야, 칸. 인정해!"

"아니야!"

"네가 날 습격했고······."

"그래, 아냐, 아냐!"

"그랬어, 안 그랬어?"

의자에서 반쯤 일어섰던 칸은 다시 무너지듯 주저앉았고, 흐느끼기 시작했다.

"그랬습니까, 안 그랬습니까, 칸 씨?" 스티브 카렐라가 부드럽게 물었다.

"당신을 때릴 생각은…… 아니었어요. 난 폭력을 싫어합니다." 칸은 브라운을 올려다보지 않은 채 흐느꼈다. "난 그냥…… 당신이 가진 조각을 내놓게 하려고 했을 뿐이에요……. 위협을…… 총으로 당신을 위협해서. 그런데…… 당신이 문을 열었을 때, 난…… 당신은 너무 커 보였고…… 그래서…… 그래서 그 순간 난…… 난 결심했어요……. 당신을 때리기로. 너무 겁이 났어요, 너무 무서웠다고. 난…… 난 당신이 날 칠까 봐 겁이 났어요."

"입건하지." 브라운이 말했다. "일급 폭행죄로."

"잠깐만요." 페티파스가 말했다.

"입건하지." 브라운이 단호히 말했다.

11

 슬슬 머리를 굴려 봐야 할 시점이었다.
 간단하고도 복잡한 추론이 필요한 시점이었다.
 많은 이름과 많은 조각과 많은 시체만큼 사람(경찰도 포함하여)의 머리를 복잡하게 하는 것도 없다. 지나가는 준법 시민 중 아무나 붙잡고 많은 이름과 조각과 시체가 얽힌 사건과 간단한 손도끼 살인 사건 중 어느 쪽을 선호하는지 물은 다음 뭐라고 답하는지 들어 보시라. 일주일 중 어느 날 묻든 간에 6 대 5의 확률로 머리에 박힌 손도끼 쪽을 고를 것이다. 목요일도 예외는 아니다. 목요일이라고 해서 특별할 것 있으랴. 혹시 목요일이 추수감사절이라면 또 모를까.
 경찰들의 입장은 다음과 같았다.
 사실 : 레닝거가 에르바흐를 죽였고 에르바흐가 레닝거를 죽였

다. 복잡할 것 하나 없이 간단하고 공평하기 이를 데 없는 상호 살해였다.

사실 : 브램리 칸은 브라운이 나중에 칸의 책상 맨 아래 서랍에서 발견한 32구경 스미스 앤드 웨슨과 자신의 발을 이용해서 1라운드 4초 만에 아서 브라운을 때려눕혔다. 더 쿼터의 으리으리한 쿠블렌츠 광장을 따라 늘어선 게이바들 사이에서 칸이 가장 솜씨 좋은 춤꾼으로 통했던 것도 다 이유가 있었던 셈이다.

사실 : 누군가가 앨버트 와인버그를 죽였다.

반드시 중요한 사항은 아님.

사실 : 누군가 제럴딘 퍼거슨을 죽였다.

반드시 중요한 사항은 아님.

(장시간에 걸친 심문 끝에, 여기에서 '누군가'가 브램리 칸은 아니라는 사실이 확실해졌다. 그는 아서 브라운을 두들겨 패 의식불명 상태로 만든 다음 곧장 집으로 가서 커밍아웃하지 않은 마흔네 살 동성애자의 팔에 안겼다)

사실(들) : 카마인 보나미코가 쓴 명단에는 일곱 개의 이름이 올라 있었다. 카마인은 그 명단을 솜씨 좋게 쪼갠 다음 반쪽은 고인이 된 자신의 아내 앨리스 보나미코에게 주고 다른 반쪽은 역시 고인이 된 자신의 정부 제럴딘 퍼거슨에게 주었다. 잠자리와 식사뿐만 아니라 심사숙고하여 부정한 방법으로 벌어들인 돈까지도 자기 인생에서 가장 아름다운 두 송이 꽃과 공유하려 한 걸 보면 실로 사려 깊은 작자였던 셈이다. 두 여자가 머리를 맞대고 각자

지닌 명단 조각을 합쳐 카마인이 전문가다운 감각을 발휘해 거둔 결실을 수확해 내지 못했다는 사실이 안타까울 따름이었다. 다른 여자와 놀아난다면 범죄는 대가를 지불하지 않는 법이다.

사실(들) : NSLA에서 강탈한 돈의 위치를 나타내는 사진은 여덟 조각이었다. 카마인은 동료들에게 각각 두 조각씩을 주었으며 저 불운한 도적단의 창립자이자 사랑받는 지도자인 자신도 두 조각을 챙겼을 것이다.

사실 : 저 불운했던 강도질 당시 총잡이 노릇을 했던 피트 라이언은 자기 조각 하나를 온 동네가 다 아는 여인 도로테아 맥널리에게 주었고 다른 한 조각은 탁월한 식당 경영인 로버트 쿰스에게 주었다.

사실 : 또 다른 총잡이인 루 다모르는 자기 조각 하나를 미술 애호가 제럴딘 퍼거슨에게 주었고 다른 한 조각은 옛 감방 동료 도널드 레닝거에게 주었다.

사실 : 우두머리인 카마인 보나미코는 자기 조각 하나를 위에 거론한 그의 아내 앨리스에게 주었다.

가설 : 도주용 차량 운전대를 잡고 말았던 유대인 운전수 제리 스타인은 자기 조각을 생판 모르는 아랍 사람에게 주는 것보다는 자신과 마찬가지로 유대인인 앨버트 와인버그와 유진 에드워드 에르바흐에게 하나씩 주는 게 좋겠다고 생각했던 건 아닐까?

반드시 중요한 사항은 아님.

의문 : 명단에는 여덟 번째 조각을 받은 사람의 이름은 적혀 있지

않다. 카마인 보나미코는 이 조각을 누구에게 주었을까?
따라서(경찰들이 즐겨하듯 목록의 형태로 정리해 보자면) :

피트 라이언	—	도로테아 맥닐리 (1)
		로버트 쿰스 (2)
루 다모르	—	제럴딘 퍼거슨 (3)
		도널드 레닝거 (4)
제리 스타인	—	앨버트 와인버그-? (5)
		유진 E. 에르바흐-? (6)
카마인 보나미코	—	앨리스 보나미코 (7)
		????????????? (8)

게다가, 오, 이것으로 아직 끝난 것이 아니었으니, 경찰의 운명에 행복이란 없어라19세기 영국의 극작가, 작곡가 콤비 W. S. 길버트와 아서 설리반의 희가극 「펜잔스의 해적들」에서 경찰들이 부르는 노래의 일부. 가령, 경찰에게 앨리스 보나미코가 사진 조각과 찢어진 명단을 언니인 루치아 페로글리오에게 유품으로 남겼다고 알려 주었던 우리의 선동가 어빙 크러치를 보시라. 그는 그 마음씨 좋은 여인에게 1천 달러를 대가로 주겠다는 믿지 못할 약속을 내걸고 저 우아한 시칠리아 여인의 손에서 사진 조각과 명단 모두를 받아 챙긴 자가 아니었던가? 게다가 그는 루치아에게서 사진 조각을 모으면 '일 테소로'의 위치가 나온다는 이야기를 들었다고도 말했지만 루치아는 그에게 그런 말을 한 적이 없다면서

우아한 태도로 그의 말을 부정하지 않았던가? 혹은, 말이 나온 김에 하는 얘기지만 그녀가 애초에 그에게 명단을 주기는 했던가? 그것 보시라. 그럼 그가 루치아에게서 정보를 얻은 게 아니었다면 그 정보는 정확히 누구에게서 나왔단 말인가? 여덟 번째 조각을 가진 사람? 카마인 보나미코가 명단에 이름을 올리지 않은 어떤 사람?

앨버트 와인버그가 살해당한 날 밤, 브라운은 세 사람과 이야기를 나누었다. 그의 아내 캐롤라인이라면 용의 선상에서 안심하고 제외해도 좋을 터였다. 살해당한 장본인인 와인버그야 서둘러 저 하늘의 별이 되어 사라져 버린 사람이고. 남은 사람은 당시 브라운이 와인버그에게서 노다지를 캐냈다는 정보를 전해 준 바 있는 어빙 크러치다.

슬슬 어빙 크러치와 다시 이야기를 해 봐야 할 시점이었다.

만약 루치아 페로글리오에게서 명단을 받았다는 크러치의 말이 거짓말이라면 와인버그가 살해당한 날 밤 수잰 엔디콧과 함께 아파트에 있었다는 말 또한 거짓말일지도 모른다. 시도해 볼 가치는 있었다. 용의자가 동이 나면 동네 웰시 테리어라도 붙들고 이야기를 나눠 봐야 하는 법이다. 브라운은 보험조사원의 눈부신 미소에 대비해 선글라스를 썼다.

크러치는 미소 짓지 않았다.

"노인네가 거짓말을 한 겁니다." 그가 말했다. "뻔한 거죠."

"아니면 당신이 거짓말한 걸 수도 있고." 브라운이 말했다.

"내가 왜요? 나 참, 애초에 이 건을 싸 들고 그쪽을 찾아간 게 나란 말입니다. 난 당신들만큼이나 그 돈의 행방을 알고 싶어 안달이 난 사람이라고요. 내 경력이 달린 문제라니까요. 이해가 안 돼요?"

"좋아, 다시 물어봅시다." 브라운은 참을성 있게 말했다. "대체 왜 영어는 거의 하지도 못하는 선량하고 가는귀먹은 할머니가 당신이 천 달러를 내주기만을 기다리면서……."

"줄 거라니까요. 걱정 마요. 크러치는 약속을 지킵니다."

"대체 왜 이 선량한 할머니가 당신에게 보물 이야기 같은 건 한 적 없다고 말씀하신 걸까? 명단 같은 것도 준 적 없다고 하시고?"

"난들 압니까? 가서 물어보시든가요. 그 여자한테서 명단이랑 사진 조각이랑 둘을 연결해 주는 정보를 받았다니까요."

"그 여잔 당신한테 사진만 줬다던데."

"거짓말입니다. 시칠리아인들은 거짓말쟁이죠."

"좋아요, 크러치." 브라운은 한숨을 내쉬었다. "알고 싶은 게 하나 더 있소."

"뭐죠?"

"제럴딘이 살해당한 월요일 밤에 어디 있었는지 알고 싶소."

"뭐요? 대체 왜 그게 알고 싶은 거죠?"

"우리가 제리의 금고를 열어 봤다고 당신한테 이미 얘기했기 때문이오. 어쩌면 당신이 다른 사람들 아파트를 둘러봤던 것처럼 제리네 아파트도 둘러보기로 했을 수도 있는 거니까."

"아뇨." 크러치는 고개를 가로저었다. "잘못 짚으신 겁니다."

"그럼 어디 있었는지 말해 봐요."

"수잰 엔디콧과 함께 침대에 있었습니다."

"늘 수잰 엔디콧과 함께 침대에 계시나 보군."

"형사님이라면 안 그러시겠습니까?" 크러치는 눈부신 미소를 번뜩였다.

"물론 엔디콧 양은 그 말을 뒷받침해 줄 테지."

"가서 물어보세요. 전 숨기는 거 없습니다." 크러치가 말했다.

"고맙소이다, 파트너 양반." 브라운이 말했다.

형사실로 돌아오자 카렐라가 브램리 칸에게서 전화가 왔다는 소식을 전해 주었다. 칸은 기소 인정 여부 절차를 거친 다음 보석금을 내고 석방됐으며—재판을 기다리는 동안— 예전 그곳에서 그대로, 다시 미술품을 판매하고 있었다. 브라운은 즉시 전화를 걸었다.

"거래를 하고 싶은데요." 칸이 말했다.

"바로 가지." 브라운이 대답했다.

갤러리에 도착했을 때, 칸은 자기 사무실의 구식 회전의자에 앉은 채 반대편 벽에 걸린 누드화를 바라보며 기다리고 있었다. 브라운은 가죽과 크롬으로 된 의자 하나를 골라 앉았다. 칸은 오랫동안 뜸을 들였다. 브라운은 기다렸다. 마침내 칸이 입을 열었다. "만약……." 그러고는 다시 주저했다.

"만약 뭐?"

"만약 내가 제리의 사진 조각이 어디 있는지 안다면?"

"안다?"

"만약이라고 했잖습니까."

"좋아, 만약 안다면?"

"만약 내가 그 사진에 관해 아는 걸 전부 말하지 않았다면?"

"좋아, 계속해 보지. 아직도 만약이라고 치고."

"자, 그럼 이건 얼마만큼의 값어치가 있는 얘깁니까?"

"보장 같은 건 못 해."

"이해합니다. 하지만 지방 검사한테 이야기 정도는 해 주실 수 있겠죠?"

"그쯤이야 뭐. 그 양반 사람이 참 착하지. 수다 떠는 것도 좋아하고."

"듣기로는 지방 검사 사무실은 법조계의 할인 판매장이라더군요." 칸이 말했다. "나도 할인 좀 받읍시다."

"자네 변호사가 일급 폭행죄를 부인했다면서?"

"그랬죠."

"좋아. 만약 자네가 기꺼이 협력해 준다면, 그래서 만약 내가 지방 검사에게 귀띔을 할 수 있다면, 그래서 만약에 지방 검사가 일급 폭행죄에서 좀 더 약한 혐의로 낮춰 준다면, 그건 어떻겠나?"

"좀 더 약한 혐의라면?"

"이급 폭행죄라든가."

"그건 형이 어느 정돈데요?"

"최대 징역 오 년, 혹은 벌금 천 달러. 아니면 둘 다거나."

"센데요."

"일급 폭행죄에 대한 형은 그것보다 더 세지."

"그건 어떤데요?"

"최대 십 년."

"그렇지만 아나톨은 내가 재판에서 이길 수 있다고 하던데."

"꿈같은 소리 하고 있네. 자넨 변호사와 형사 넷과 경찰 속기사가 있는 자리에서 자백했어. 그 판에서 빠져나올 가망은 어림 반 푼어치도 없어, 칸."

"그래도 아나톨은 할 수 있다던데."

"그렇다면 변호사를 바꾸라고 권하고 싶군."

"삼급 폭행죄는 어때요? 그런 것도 있습니까?"

"있긴 하지만 잊어버려. 지방 검사는 그런 제안은 들은 척도 않을 테니."

"어째서요?"

"그 양반은 지금 유죄가 확실한 건을 쥐고 있다고. 이급 폭행죄로 깎아 주는 것도 싫다고 할지 몰라. 다 자네 정보가 얼마나 귀중한가에 달렸지. 내가 지방 검사한테 얘기하러 갔을 때 그 양반이 아침을 잘 먹었는지 못 먹었는지에 달린 일이기도 하고."

"매우 귀중한 정보라고 생각합니다만."

"일단 들어 보고 얼마나 귀중한지 말해 주지."

"그 전에, 거래는 어떻게 되는 겁니까?"

"말했듯이 약속 같은 건 못 해. 자네 정보가 정말 귀하다 싶으면 지방 검사에게 얘기해서 그 양반은 어떻게 생각하는지 보지. 이급 폭행죄 탄원을 받아 줄지도 몰라."

"굉장히 모호한 얘기로 들립니다만."

"내가 해 줄 수 있는 얘긴 그것뿐이야." 브라운은 어깨를 으쓱했다. "예스야 노야?"

"만약 내가 당신에게……." 칸은 주저했다.

"듣고 있어."

"사진 얘기부터 하죠."

"좋아, 사진 얘기부터 하지."

"사진은 총 여덟 조각이에요. 맞죠?"

"맞지."

"하지만 명단에 있는 이름은 일곱뿐이고요."

"그렇지."

"만약 제가 여덟 번째 조각이 어디 있는지 안다면?"

"만약은 그만두지." 브라운이 말했다. "아나?"

"네."

"좋아, 어디로 갔는데?"

"앨리스 보나미코에게요."

"그건 이미 알아, 칸. 그 여자 남편이 그 여자에게 명단 반쪽이랑 사진 조각 하나를 줬지. 그게 다라면……,"

"아뇨, 그 여자에게 사진 조각 두 개를 줬어요."

"두 개라고." 브라운이 말했다.

"두 개요." 칸이 되풀이했다.

"어떻게 알지?"

"제리가 그 여자랑 거래를 하려고 했잖아요. 기억하죠? 하지만 앨리스 쪽이 더 유리한 위치에 있었죠. 그 여자 남편이 자기 정부한테는 명단 반쪽밖에 안 줬으니까. 하지만 아내인 앨리스에게는 명단의 나머지 반쪽에다가 사진 조각도 두 개를 준 겁니다. 여자들은 그러면 자기가 무척 귀하게 대접받고 있다고 생각하죠."

"거 참 사려 깊은 친구였군그래." 브라운은 어빙 크러치아 페로글리오에게서 명단 반쪽과 사진 조각 한 개만을 받았다고 주장했던 것을 떠올리고 있었다. 만약 앨리스 보나미코가 정말로 사진 조각 두 개를 갖고 있었다면, 왜 언니에게 한 장만을 유품으로 남겼을까? 그리고 그 사라진 여덟 번째 조각은 어디 있을까? 그는 칸에게 물어보기로 결심했다.

"그 여덟 번째 조각은 지금 어디 있지?"

"저도 몰라요."

"그것 참 매우 귀중한 정보로군. 지방 검사한테 이 이야기를 하면 아예 인도에 침 뱉은 수준의 경범죄로 깎아 줄지도 모르겠는걸."

"하지만 제리의 조각이 어디 있는지는 압니다." 칸은 흔들림 없이 말했다. "그리고 그게 열쇠 노릇을 하는 조각입니다. 보나미코는 그 조각이 얼마나 중요했는지 몰랐던 것 같더군요. 그렇지 않고서야 다모르 같은 머저리한테 맡겼을 리가 없죠."

"좋아. 제리의 조각은 어디에 있나?"

"형사님 바로 뒤에요."

브라운은 뒤로 돌아 벽을 바라보았다.

"금고는 이미 살펴봤어." 그가 말했다.

"금고 안이 아닙니다." 칸이 말했다.

"그럼 어딘데?"

"좀 도와주시겠습니까?" 칸은 누드화 쪽으로 걸어갔다. 두 사람은 벽에서 그림을 떼어 낸 다음 앞면을 아래쪽으로 해서 깔개 위에 내려놓았다. 캔버스 뒷면은 갈색 포장지로 싸여 있었다. 칸은 뒤판 한 귀퉁이를 들어 올리더니 액자와 캔버스 사이에 쑤셔 박혀 있던 빛나는 흑백 사진 조각을 뽑아냈다.

"부알라보시라." 그는 조각을 브라운에게 건넸다.

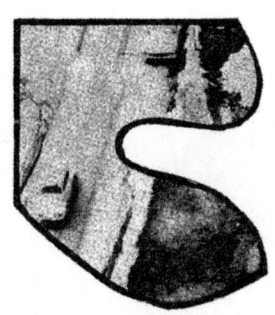

"자, 이제 어떻게 생각하십니까?" 칸이 말했다.

"자네 말이 맞군." 브라운이 대답했다. "이 조각이 열쇠였군."

그 조각이 열쇠 노릇을 하는 이유는 그것이 사진에 방향성을 부여해 주기 때문이었다. 이제 보니 이 사진에 하늘이 없었던 까닭은 사진을 찍은 사람이 위쪽에서 아래를 내려다보며 해안 도로 옆으로 난 차도를 찍었기 때문이었다. 이렇게 방향이 잡힌 다음 도널드 덕처럼 생긴 조각을 다시 보니 뒤통수 쪽에 세 개의 벤치가 있었고 도널드 덕의 눈은 시멘트가 깨진 부분이었으며 부리를 따라 세로로 뻗어 내려간 것은 다섯 개의 울타리 기둥이었다. 그리고 부리가 뻗어나간 곳은……

 진흙도, 시멘트도, 치장 벽토도, 털가죽도 아닌 물이었다.
 차갑고 깨끗한 물.

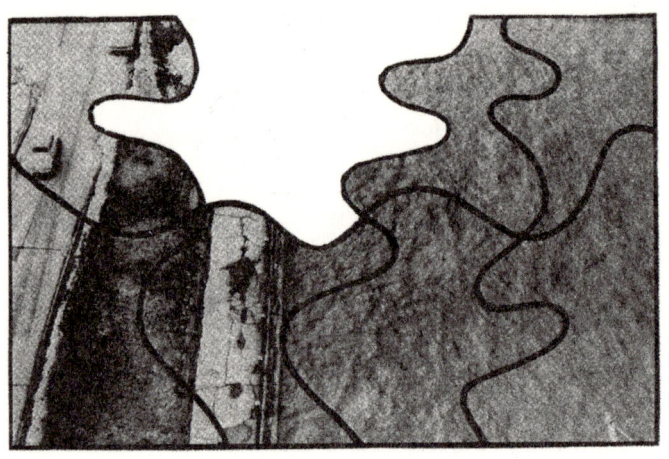

 아니, 카마인 보나미코와 그의 엉터리 일당들이 강변도로를 따라 탈출로를 마련했음을 고려해 보면 그렇게까지 깨끗한 물은 아닐지

도 몰랐다. 살짝 오염된 물일 수도 있었다. 그래도 어쨌든 물은 물이었고, 아이솔라 시 남쪽으로 제방을 따라 흐르는 딕스 강의 물이었다. 카렐라와 브라운은 형사실에서 재빨리 대화를 나눈 다음 하늘에서 내려다보면 도널드 덕을 금방 찾을 수 있을 거라는 데에 의견을 같이했다.

그러나 도널드 덕은 좀처럼 모습을 드러내지 않았다.

두 사람은 시내 헬리콥터 이착륙장에서 경찰 헬리콥터를 탄 다음 구불구불 이어지는 강변도로를 따라 3시간 가까이 날면서 차도와 연결된 샛길이 나올 때마다 급강하를 시도했다. 사진 상단 좌측 귀퉁이를 보면 샛길은 어디론가 진입하고 있었고, 두 사람은 그런 진입로 바로 아래에서 비밀을 털어놓을 듯한 눈동자를 반짝이며 숨어 있는 오리를 찾으려 애썼다. 벤치와 가드레일이 있는 보행로는 강을 따라 쭉 이어져 있었다. 각각 열 블록 간격으로 총 서른네 개의 샛길이 차도와 연결돼 있었다. 그중에서 맞는 샛길을 찾으려면 시멘트가 부서진 부분을 찾는 수밖에 없었다.

그러나 은행 강도 사건은 6년 전에 일어난 일이었다.

이 도시가 부서진 보행로를 수리하는 데에 퍽 게으르기는 하지만 도널드 덕의 눈은 잘도 고쳐 놓은 모양이었다.

사라진 여덟 번째 조각 없이는 아무도 어디에 뭐가 있는지 알 길이 없었다.

12

 때로는 간단한 소거법만으로 미스터리를 풀 수 있는 법이다. 이것이 그리 극적이지 못하다는 점은 인정해야겠지만, 그렇다고 경찰이 매일 머리통을 맞아야 된다는 법도 없지 않은가? 경찰이 멍청할지는 몰라도 그 정도로 멍청하지는 않다. 모든 것이 이미 깔때기 끝으로 모인 다음에는, 거의 모든 사람이 죽거나 결백이 확실해진 다음에는, 그저 누가 왜 거짓말을 하고 있는지 알아내기만 하면 된다. 세상에는 경찰이 이해하지 못하는 일이 많지만 그들은 거짓말이라면 아주 잘 이해한다.
 예를 들어, 경찰은 왜 도둑들이 그토록 많은 시간과 공력을 들여 가며(각종 부가 위험까지 무릅쓰면서) 범죄를 계획하고 실천하는지는 이해하지 못한다. 그만한 시간과 공력을 합법적인 일에 쏟는다면 길게 봐서 훨씬 더 큰 이득이 돌아올 텐데 말이다. 87분서의 모든 형사들은 이 도시에서 일어나는 범죄의 반은 실은 그저 즐거움을 위해—경찰과 도둑 간에 벌어지는 게임의 재미를 만끽하기 위해 벌어진다고 믿고 있었다. 범행 동기가 금전적인 이익 때문일 거라는 생각은 잊어버리시라. 치정도, 적개심도, 반항심도 잊어버리시라. 그저 경찰과 도둑 간의 게임일 뿐이니.

따지고 보면 카마인 보나미코가 한 짓도 경찰과 도둑 간의 게임이 아니고 뭐겠는가? 카메라를 들고 비행기인지 뭔지에 올라서 강변도로를 사진으로 찍은 다음 인화지 위에 구불구불한 선을 그려 잘라 내고 일당에게 조각을 나눠 주며 쉬쉬 비밀로 감춰 놓고 살금살금 영리한 범죄자 행세를 하다니. 이거야말로 경찰과 도둑 간의 게임이 아닌가. 왜 그는 일당에게 그냥 귓속말로 비밀을 전한 다음, 가서 친구와 연인에게도 역시 귓속말로 비밀을 전달하라고 하지 않았단 말인가? 아, 하지만 그건 안 될 말이다. 그래서야 범죄의 본질적인 요소, 즉 형사들 사이에서 널리 알려진, 이른바 오락성이라고 불리는 요소를 빼먹는 꼴이 될 테니까. 범죄라는 행위에서 재미를 빼 보시라. 온 세상의 감옥들이 텅텅 빌 것이다. 누가 범죄자의 마음을 알 수 있으리오? 정말이지 경찰은 모른다. 그들은 왜 어빙 크러치가 뻔뻔하게 자신들을 찾아와 돈을 찾도록 도와 달라고 했는지도 알 수 없었다. 이 역시 오락성, 즉 경찰과 도둑 간의 게임에서 우러나는 순수한 재미를 노린 행동이 아니라면 말이다.

그러나 경찰은 크러치가 앨버트 와인버그와 제럴딘 퍼거슨이 살해되던 날 밤에 자신이 어디에 있었는지에 관해서 진실을 말하지 않았다는 사실은 알았다. 누군가 거짓말을 하면 그가 거짓말을 했다는 사실이 대기를 꿰뚫으며 날아드는 초음속 미사일처럼 찾아드는 법이며, 굳이 나사에서 일하는 사람이 아니더라도 그런 사실쯤은 집어낼 수 있다. 더구나 크러치의 알리바이는 그가 오래전부터 몸을 섞어 온 여자에게서 나온 것이었고, 그런 사람은 법정에서 변호 측이 내세우기에 그리 믿음직한 증인이라고 할 수도 없었다. 하지만 크러치를 법정에 세우지 못하는 한, 수잰 엔디콧이 증인으로서 얼마나 믿음직한가 하는 문제는 탁상공론에 불과했다. 논리적인 추론을 차치하면 그가 두 살인 사건이 벌어지던 순간 수지와 잠자리에 있었다고 주장했고 수지가 그의 주장을 뒷받침해 주고 있다는 사실 자체는 여전히 확고했다. 게다가 자기 아파트에서 조지아 주 출신의 달콤하고 어여쁜 복숭아 같은 아가씨와 사랑을 나누면서 동시에 밖에 나가 사람을 죽인다는 게 보통 까다로운 일 아니겠는가 말이다. 하다못해 피 묻은 손으로 쇠톱을 들고 토막 난 시체 위에 서 있는 사람을 본다 하더라도 체포하기 어려운 게 요즘 세상이다. 하물며 반도半島만큼이나 기나긴 알리바이 목록을 간직한 채 콧수염을 만지작거리며 점잔 빼고 있는 자를 어떻게 체포한단 말인가?

대체 어떻게?

맨 처음 아이디어를 떠올린 사람은 카렐라였다.

그는 자신의 아이디어를 호스와 상의했고, 호스는 너무 위험하다고 생각했다. 카렐라는 그래도 수잰 엔디콧이 조지아 주 출신이라는 점을 고려하면 좋은 아이디어라고 주장했다. 호스가 그런 아이디어를 제안하는 것만으로도 브라운이 불쾌해할 수 있다고 말하자 카렐라는 브라운이라면 전적으로 그 아이디어에 찬성할 거라고 말했다. 호스는 전제부터가 너무 과격한 생각이라며 반대했다. 수지가 북쪽으로 와서 산 지도 최소한 4년은 되었고 그중 절반 정도는 크러치와 함께 침대 위에서 보냈으며(그녀의 말에 따르면) 이제 이곳 문화에 퍽 익숙해졌을 것이므로 좋은 아이디어가 못 된다는 의견이었다. 카렐라는 호스가 브라운에게 그 아이디어를 이야기하는 것조차 주저하는 모습을 보고 있노라니 어떤 편견과 고정관념이란 것은 좀처럼 사라지지 않는 법인 모양이라고 말했다. 호스는 그 말에 불쾌해하면서 자신은 역사상 가장 관용이 넘치는 사람이며 바로 그러한 관용 정신 때문에 주저하는 것이라고, 그저 어차피 되지도 않을 아이디어를 꺼냈다가 브라운에게 상처를 입히고 싶지 않을 뿐이라고 말했다. 카렐라는 그럼 어떻게 수지의 증언을 깰 거냐고 언성을 높였다. 자기도 깨 보려 했고 호스도 깨 보려 했으니, 이제는 죽도록 겁을 주는 수밖에 없지 않느냐는 것이었다. 호스는 빌어먹을 놈의 살인 사건 따위를 해결하는 것보다는 브라운의 기분을 배려하는 것이 자신과 이 형사실의 안녕을 위해 더욱 중요한 일이라며 소리쳤고, 그러자 카렐라는 백인이 흑인의 기분을 상하게 할까 두려워서 훌륭한 아이디어 하나 꺼내지 못한다면 편견이란 참으로 대단한 것이 아니냐며 마주 고함을 질렀다.

"좋아, 그럼 자네가 얘기해." 호스가 말했다.

"그럴 거야." 카렐라가 대꾸했다.

둘은 함께 취조실에서 나와 자기 책상에 앉아 7백 번째로 사진을 들여다보고 있는 브라운에게 다가갔다.

"아이디어가 있는데, 아티." 카렐라가 말했다.

"카렐라의 아이디어야." 호스가 말했다. "내 아이디어가 아니라, 아티."

"무슨 아이디어?" 브라운이 말했다.

"그러니까 말이야. 이 크러치라는 놈이 어떤 놈인지는 우리 다 웬만큼 동의하는 거지?"

"그렇지."

"그러니까, 그놈은 칠십오만 달러를 너무 간절히 원한 나머지 손까지 파래질 지경이란 말이야. 그리고 그놈 경력과 이 건은 아무 관련도 없다는 건 자네도 알 테고."

"나도 알지."

"놈은 그 돈을 원할 뿐이야. 돈을 손에 넣는 순간 아마 수지를 데리고 곧장 브라질로 내뺄걸."

"그래, 그래서 놈을 어떻게 잡겠다는 거야?"

"수지를 파고들어야 해."

"수지는 만나 봤잖아." 브라운이 말했다. "자네도 얘기해 봤고 마이어도 얘기해 봤고 코튼도 얘기해 봤고. 크러치 녀석의 알리바이를 빈틈없이 받쳐 주고 있잖아."

"그래. 그 여잔 그놈이랑 사 년을 함께 잔 사이이니까." 호스는 그렇게 말하면서도 여전히 주저하는 기색이었다.

"삼 년만 더 그렇게 살면 법률상 부부가 될 사이다, 이 얘기야." 스티브 카렐라가 부연했다. "그러니 그놈 알리바이를 받쳐 주지 않고 배겨?"

"좋아, 그 여자가 거짓말을 하는 거라고 치지." 브라운이 말했다.

"그 여자가 거짓말을 한다고 쳐 봐. 어빙 크러치가 정말로 아파트를 나가서 한 번은 와인버그를, 또 한 번은 제리 퍼거슨을 죽였다고 치자고."

"좋아, 그렇다 쳐. 그걸 어떻게 증명할 건데?"

"우리가 오늘 밤 언제쯤 크러치에게 들러서 몇 가지 질문을 더 해 본다고 치자고. 그냥 놈을 바쁘게 하려고 말이야. 무슨 얘긴지 알겠지? 그냥 놈이 다시 우리 수지 아가씨랑 이불 속으로 들어가지 못하게 말이야."

"그래서?"

"그런 다음 새벽 두 시쯤, 누군가가 우리 수지 아가씨네 문을 두드리고 그녀를 거칠게 대하기 시작하는 거지."

"어이, 스티브. 그런 짓을 할 수야 있나." 브라운이 말했다.

"진짜로 그 여자한테 난폭하게 하자는 건 아니고." 카렐라가 말했다.

"안 먹힐 거라고 했잖아." 호스가 말했다.

"내 말은 그 수지 앤디콧이 우리가 거칠게 나온다고 생각하게 해 보잔 거지."

"그 여자가 왜 그렇게 생각하겠어?" 브라운이 물었다. "진짜로 난폭하게 하지도 않는데……."

"그 여잔 조지아 주 출신이니까." 카렐라가 말했다.

형사실이 조용해졌다. 호스는 구두를 내려다보고 있었다.

"크러치한테는 누가 갈 건데?" 브라운이 물었다.

"코튼이랑 내가 갈까 하는데."

"수지는 누가 겁주고?"

형사실이 다시 조용해졌다. 벽에 걸린 시계의 초침 소리가 너무 크게 들렸다.

"말해서 뭐해." 브라운은 크게 씩 웃어 보였다. "이야, 끝내주네."

호스는 아직 어떤 분위기인지 모르겠다는 얼굴로 카렐라의 눈치를 살폈다.

"할 거야?" 카렐라가 물었다.

"아이고, 하다마다." 아서 브라운은 아예 걸쭉한 사투리까지 섞어 가며 말했다. "깜둥이 덩치 하나 보내 갖고 조지아 복숭아 껍질을 쎄리겠단 말이렷다! 거, 죽이누먼!"

편견이란 멋진 것이다.

고정관념이란 근사한 것이다.

새벽 2시, 문을 연 수지 엔디콧은 으슥한 어둠 속에서 남부인 최악의 판타지가 실현되는 광경을 목도했다. 그녀의 어머니가 경고했던 그 모습 그대로, 한밤중 웬 검둥이가 자신을 강간하러 온 것이다. 그녀는 문을 닫으려 했지만 강간범이 갑자기 소리쳤다. "어이, 아가씨, 거기 엉덩이 좀 붙이고 있어 보쇼. 경찰 행차시거든! 팔십 칠 분서의 아서 브라운 형사요. 뭣 좀 물읍시다."

"무…… 무…… 한…… 한밤중인데요." 수지가 말했다.

브라운은 배지를 번뜩여 보였다. "이 쇳덩어리는 밤낮을 가리지 않시다." 그는 이를 드러내며 웃었다. "순순히 들여보내 줄 거요, 험한 꼴 보시겠소?" 수지는 망설였다. 브라운은 문득 자신이 너무 과한 게 아닐까 생각하다가 잘하고 있다며 마음을 다잡았다. 그는 대답을 기다리지 않은 채 그녀를 밀치고 아파트로 들어가 모자를 홀 테이블 위에 던진 다음, 감탄하는 기색으로 주변을 둘러보며 휘파람을 불고는 입을 열었다. "젠장, 죽이는 데서 사시누만. 이런 데는 생전 처음이외다."

"무슨…… 뭘…… 뭘 물으시려고요?" 수지는 나이트가운 위에 로브를 걸치고 오른손으로 로브의 칼라를 단단히 붙들고 있었다.

"어째, 바쁜 일이라도 있으신가?"

"나…… 난 일하러 가야 해요, 아…… 아침에. 자…… 자…… 잠을 좀 자야 해요." 수지는 그렇게 말한 다음 자신이 우회적으로나마 침대와 관련된 말을 꺼내는 실수를 저질렀다는 사실을 깨달았다. "그러니까……,"

"뭔 소린지 내 다 알지." 브라운은 음탕하게 웃어 보였다. "앉으쇼, 아가씨."

"뭘…… 뭘 물으시게요?"

"앉으라니깐! 내가 앉으라면 앉는 거요, 오케이. 그러면 별일 없을 거요. 안 그랬다간⋯⋯."

수지는 즉시 하늘거리는 로브 자락을 갈무리하며 자리에 앉았다.

"다리 한번 죽이는구먼." 브라운은 눈을 가늘게 떠 보였다. "하얀 다리가 기차게 잘빠졌시다, 아가씨."

수지는 입술을 적시고는 침을 삼켰다. 브라운은 문득 이러다 연기가 다 끝나기도 전에 그녀가 기절해 버리면 어쩌나 걱정스러워졌다. 하지만 개의치 않고 계속하기로 마음먹었다.

"아가씨 짝지는 반 시간 전에 잡아넣었시다. 그 친구가 도와줄 거라는 생각은 잊어버리쇼."

"누구요? 뭐요? 무슨 얘기죠?"

"아가씨의 사랑스러운 애인, 어빙 크러치 말이오. 우리한테 거짓말을 하면 쓰나. 그래 갖고는 지방 검사한테 안 먹히지."

"난 아무한테도 거⋯⋯ 거⋯⋯ 거짓말 안 했어요."

"내내 침대에 있었다고? 두 사람이 살해당하고 있을 때 사랑을 나누고 있었다고. 쯧쯧, 아가씨. 거, 말짱 거짓말 아니오. 깜짝 놀랐시다."

"정말이에요, 우린, 그러고 있었는데, 우린⋯⋯." 수지는 말을 이으려다가 문득 자신들이 사랑을 나누는 것에 관해 이야기하고 있음을 깨닫고는 브라운의 눈을 들여다보았고, 그 안에서 자신에게 눈을 고정한 채 침을 흘리고 있는 섹스에 미친 미치광이를 발견했고, 여기서 과연 살아 나갈 수 있을까 생각했다. 이런 사람들 곁을 지나

칠 때는 짐승 같은 욕정을 불러일으키기 쉬우니 꽉 끼는 스커트는 입지 말라던 어머니 말씀을 들었어야 했거늘.

"거, 인제 큰일 났소." 브라운이 말했다.

"난 아무한테도……."

"진짜 큰일이야."

"……거짓말 안 했어요. 맹세해요."

"인제 여기서 빠져나갈 방법은 한 가지밖에 없시다."

"하지만 난……."

"한 가지뿐이야, 아가씨."

"……정말이에요. 난 거짓말 안 했어요. 정말이에요. 경관님." 흑인 남자에게 이렇게 말하는 자신의 목소리가 수지의 귀에 들려왔다. "경관님, 정말이에요. 맹세해요. 어빙이 뭐라고 말씀드렸는지는 모르겠지만 저는 정말로 아무한테도 거짓말 안 했어요. 거짓말을 한 사람은 그 사람이죠. 전 아무것도, 정말 아무것도 몰라요. 진짜예요, 경관님. 확인해 보시려면 확인해 보세요. 제가 경찰한테 거짓말을 하겠어요? 친절하신 경찰관분들께 어떻게……."

"이제 고 귀여운 엉덩이를 챙길 방법은 하나뿐이야." 브라운이 그렇게 말하자 수지의 얼굴이 창백해졌다.

"뭐…… 뭔데요?" 수지가 말했다. "무슨 방법이오? 뭐죠?"

"사실을 부는 거지." 브라운은 그렇게 말하고 의자에서 일어섰다. 그는 괴물처럼 장대한 키와 툭 불거져 나온 근육과 번뜩이는 눈과 들썩이는 어깨를 과시하며 거대한 검은 고릴라처럼 일어서서 팔을 옆구리 곁에 늘어뜨리고 손을 유인원처럼 느슨히 말아 쥐고는 작고 창백한 모습으로 의자 가장자리에 앉아 떨고 있는 수지에게로 다가서더니 자신이 낼 수 있는 가장 위협적인 목소리로 뒷골목 검둥이처럼 다시 말했다. "이제 진실을 부쇼, 아가씨. 다른 방법으로 불게 할 수도 있어!"

"오, 선하신 주여." 수지가 소리쳤다. "그 사람, 아파트에서 나갔어요, 두 번 나갔어요, 어디로 갔는지는 몰라요. 그것밖에 몰라요. 그 사람이 그 사람들을 죽인 거라면 난 상관없는 일이에요!"

"고맙습니다, 엔디콧 양." 브라운이 말했다. "옷을 입으신 다음 저랑 형사실까지 동행해 주셔야겠습니다."

그녀는 믿을 수 없다는 듯 그를 바라보았다. 강간범은 어디로 간 거지? 대신 여기 서 있는 이 정중한 핵물리학자는 누구야? 그런 다음 그게 가면이었다는 것을 깨달은 그녀는 눈을 가늘게 뜨고 이가 드러나도록 입꼬리를 들어 올리며 말했다. "이봐요, 어디 같이 가자고 할 때는 부탁한다는 말을 붙이는 거예요."

"젠장." 브라운이 말했다. "부탁합니다."

"썩을 년." 크러치가 말했다.

수지 엔디콧에 관해 한 말일 수도 있었지만, 아니었다. 그는 대신 고 앨리스 보나미코를 욕하고 있었다. 크러치를 속인 것은 고인이 된 강도단 두목의, 역시 고인이 된 아내였던 모양이었다. 강도 사건을 조사하던 중 그는 카마인의 미망인에게서 그녀가 **NSLA**에서 강탈한 돈이 숨겨진 위치를 가리키는 것으로 알려진 '어떤 서류들과 사진 조각들'을 가지고 있다는 이야기를 들었다. 그는 그녀와 수개월을 협상한 끝에 마침내 구매가를 확정했다. 그녀는 그가 맨 처음 경찰에게 보여 주었던 사진 조각에다 그녀가 갖고 있던 명단 반 조각까지 주었다.

"하지만 그 여자가 다른 조각을 또 갖고 있는 줄은 몰랐죠." 크러치가 말했다. "유언장에 관한 정보를 접하고 나서 그 여자 언니랑 만나기 전까지는 몰랐어요. 그렇게 이 조각을 손에 넣은 겁니다. 퍼즐의 여덟 번째 조각이죠. 중요한 조각이에요. 그 쌍년이 나한테 숨겼던 조각이고."

"물론, 우리에게 주지 않은 조각이기도 하고." 브라운이 말했다.
"당연하죠. 돈의 정확한 위치를 알려 주는 조각인데. 내가 바보인 줄 압니까?"

"애초에 우리한테는 왜 온 거지?"

"말했잖습니까. 크러치에게 도움이 필요하다고. 크러치 혼자서는 더 못 하겠다고. 크러치는 전문가를 끌어들이는 것보다 더 수사에 도움이 될 방법이 뭐가 있겠냐고 생각했던 거죠."

"기대했던 것보다 더 많은 걸 얻으셨군그래." 브라운이 말했다.

"그 쌍년 앨리스 보나미코한테서만 빼고요. 명단 반 조각이랑 아무짝에도 쓸모없는 사진 조각 하나 얻느라 만 달러를 줬어요. 만 달러나! 갖고 있던 돈을 탈탈 털어 준 건데."

"그래도 아주 큰돈을 노리고 있었으니까."

"투자금이었죠." 크러치가 말했다. "크러치는 그걸 투자한 셈 쳤어요."

"이제 크러치는 그걸 자금 손실이라고 생각하겠군. 와인버그는 왜 죽였지?"

"그야 당신이 와인버그가 다른 조각을 갖고 있다고 말했고, 난 그걸 갖고 싶었으니까요. 이것 봐요, 나도 당신들이랑 같이 뛰고 있었다고요. X 자가 있는 조각을 갖고 있었으니까 내가 한발 앞서 있다는 건 알았지만, 혹시 당신들이 수사 중에 뭔가 그럴듯한 걸 찾은 다음 나한테는 아무것도 안 보여 주면 어떡합니까? 난 보험업계 종사자 아닙니까. 와인버그의 조각을 갖고 있었던 건 그냥 보험이었다고요."

"그럼 제리 퍼거슨의 조각은?"

"마찬가지예요. 보험이었죠. 당신들이 금고에는 조각이 없었다고 하기에 그 여자 집으로 찾으러 갔던 거죠. 달리 어디 있었겠어요? 그 여자 아파트에 있을 수밖에 없잖아요? 죽일 생각은 없었지만 들어가자마자 비명을 지르더라고요. 이제 와서 그만두기엔 정답이 코앞에 있는 상황이었고. 내가 모든 조각을 맞추는 데에 얼마나 가까이까지 갔는지 모르실 겁니다. 당신들은 당신들이 생각하는 것 이상으로 날 도와줬어요. 난 거의 맞출 뻔했다고요."

"배짱 하나는 확실하군." 브라운은 고개를 내저었다. "은행에서 강탈한 돈의 위치를 찾게 도와 달라고 경찰에 오다니. 배짱 없이는 못 할 일이야."

"배짱이라기보다는 머리가 있었던 거죠." 크러치가 정정했다.

"오, 그러시겠지."

"이런 일을 생각해 내기는 쉽지 않다고요."

"앞으로 생각할 시간은 많이 있을 거야."

"무슨 뜻이죠?"

"알아서 생각해."

"감옥 안에서 말인가요?" 크러치가 물었다.

"바로 맞혔어." 브라운이 말했다.

이번 헬리콥터 비행은 즐거웠다. 강변도로로 진입하는 샛길은 서른네 개였지만, 강변 쪽에 바위 무더기가 둘 있는 샛길은 하나뿐이었다. 그 바위들은 우연히도 캄스 포인트 다리 바로 서쪽에 있었는데, 보나미코는 수면에서 15미터 위에 놓인 그 다리의 보행로에 서

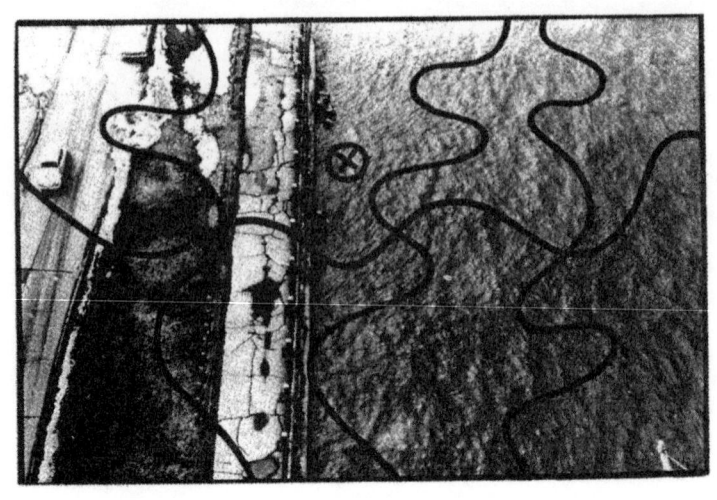

서 사진을 찍었던 것이 틀림없었다. 헬리콥터는 시 공공도로 유지보수부에서 보수하기 전에 도널드 덕의 눈이 있었음 직한 자리 가까이에 착륙했다. 경찰은 바위 쪽으로 다가가 딕스 강의 구정물을 내려다보았지만 아무것도 보이지 않았다. 그곳이 카마인 보나미코의 X 표시가 가리키는 자리임은 분명했으나 수질오염 탓에 맨눈으로는 보물이 전혀 보이지 않았다. 그들은 둑 가까운 쪽의 강바닥을 훑은 다음에야 초록색 점액으로 뒤덮이고 물을 잔뜩 머금은 데다 심하게 망가진 낡은 가죽 여행 가방을 찾아냈다. 그 가방 안에는 미국 통화 75만 달러가 얌전히 담겨 있었다. 물론 살짝 젖기는 했지만 못 쓸 정도는 아니었다.

그만하면 후한 대가였다.

아서 브라운은 저녁 시간에 맞춰 집에 돌아왔다.

그의 아내가 그를 현관에서 맞이했다. "코니가 열이 있어. 삼십 분 전에 의사가 왔다 갔어."

"뭐래?"

"그냥 독감 같대. 하지만 애가 많이 힘들어해, 아티."

"의사가 처방 안 해 줬어?"

"기다리는 중이야. 약국에서 배달해 준대."

"코니는 깨어 있어?"

"응."

"가서 얘기나 해 봐야겠네. 당신은 어때?" 그는 그녀에게 입을 맞췄다.

"당신 얼굴도 잊어버리겠어." 캐롤라인이 답했다.

"이렇게 생겼지." 그는 미소 지었다.

"우리 남편 잘생긴 건 여전하네." 캐롤라인이 말했다.

"아무렴." 그는 침실로 들어갔다.

코니는 베개로 몸을 받친 채 눈물을 글썽이며 코를 훌쩍였다. "안녕, 아빠." 코니는 자신이 낼 수 있는 가장 비참한 목소리로 말을 꺼냈다.

"우리 딸 아픈 줄 알았더니." 그가 말했다.

"아파." 그녀가 대답했다.

"아플 리가 있나. 이렇게 예뻐 보이는데." 그는 침대로 가서 딸의 이마에 입을 맞추었다.

"코니 아빠, 조심하셔요." 캐롤라인이 말했다. "그러다 옮을라."

"그까짓 감기, 잡아다가 발로 지근지근 밟아 버리지 뭐." 브라운은 씩 웃어 보였다.

코니가 킥킥거렸다.

"아빠가 책 읽어 줄까?" 그가 물었다.

"응. 읽어 줘."

"어떤 책 읽어 줄까?"

"재미있는 미스터리로." 코니가 말했다. "낸시 드루1930년 출판업자 에드워드 스트래트마이어가 창조한 청소년 미스터리 소설 '낸시 드루 시리즈'에 나오는 아마추어 탐정 나오는 거."

"낸시 드루 나오는 거라." 브라운은 책장으로 다가갔다. 몸을 숙이고 책장을 훑으며 코니가 좋아하는 책을 찾고 있는데, 바깥의 거리에서 경찰 사이렌 소리가 다급하게 울려 퍼졌다.

"아빠는 미스터리 좋아해?" 코니가 물었다.

브라운은 대답하기 전에 잠시 망설였다. 사이렌 소리는 도시 저 멀리로 희미해져 갔다. 그는 침대로 돌아와 딸의 머리카락을 가볍게 어루만지면서 엉뚱하게도, 제럴딘 퍼거슨이 인도에서 롤러스케이트를 타 본 적이 있을까 다시 궁금히 여겼다. 그런 다음 그는 입을 열어 "아니, 아빠는 미스터리에는 별로 관심 없단다."라고 말하고는 침대 가장자리에 앉아 책을 펼치고 큰 소리로 읽기 시작했다.

|역자의 말|

남은 조각들

| 역자의 말 |

남은 조각들

먼저 한국어판의 제목에 관하여. 본서 『조각맞추기』의 원제는 'Jigsaw'다. 익히 알려진 바대로 그림이 그려진 판을 여러 가지 모양으로 오려 내어 맞추는 퍼즐을 가리키는 낱말인데, 보통은 '직소'라고들 표기하지만 외래어 표기법에 따르면 '지그소'로 표기해야 옳다. 이처럼 언어의 표준 용법과 실제로 쓰이는 방식 사이에서 나타나는 차이는 많은 사용자를 곤혹스럽게 하기 마련인 법. 특히 그 사용자가 출판업과 관계하고 있다면 더욱 그러하다. 원칙을 고집하며 실제로는 잘 쓰이지 않는 표기를 쓸 것인가? 아니면 익숙함을 내세우며 '틀린' 표기를 쓸 것인가? 출판사란 양쪽 모두 함부로 포기할 수 없는 법인지라, 결국 문제를 살짝 우회하면서도 본래의 의미에서 크게 벗어나지 않는 새로운 제목을 붙이기로 했다. 번역서의 제목이 되도록 원제와 똑같기를 바라는 독자분들이 있으시다면 미리 양해를 부탁드린다.

다른 한편, 이 제목은 미스터리에 익숙한 독자에게는 다소 엇나간 기대를 불러일으킬 만한 제목이기도 하다. 조각을 맞춘다는 행위, 즉 지그소 퍼즐이라는 사물처럼 미스터리라는 장르의 근원을 직설적으로 지시하는 상징이 또 있을까. 더구나 에드 맥베인처럼 이름난 작가가 '지그소'라는 제목으로 미스터리 소설을 내놓았으니 이를 존 딕슨 카나 엘러리 퀸 같은 고전적 퍼즐 미스터리 작가들의 전통을 이어받아, 독자와 함께 신명 나는 머리싸움 한 판을 벌여 보겠노라는 대가의 선언처럼 받아들이는 것도 불가능한 일은 아니다. 하지만 이미 본문을 다 읽고 이 역자 후기에 이른 독자 여러분께서 확인하셨다시피, 『조각맞추기』는 조각 자체가 아니라 조각을 맞추는 사람들에 관한 소설이다. 언제나 범죄의 성격이나 트릭보다도 범죄가 벌어지는 환경과 그것이 주변 사람들에게 미치는 정서적 영향에 더 주목하는 87분서 시리즈의 성향을 생각해 보면 이는 전혀 놀라운 일이 아니지만, 그렇더라도 혹시나 본의 아니게 제목에 '낚여' 연필과 수첩부터 챙겨 들고 책장을 편 독자가 계신다면 심심한 위로의 말씀을 드리는 바이다(기출간된 87분서 시리즈 중에는 『살의의 쐐기』가 고전적인 미스터리의 향취를 비교적 많이 담고 있다는 추천을 살짝 곁들이며).

말이 나왔으니 말이지만, 『조각맞추기』는 일견 퍼즐 미스터리 전통에 대한 사회파 범죄 소설 작가의 응수처럼 보이기까지 한다. 한정된 공간, 한정된 용의자, 불가능해 보이는 범죄, 기벽을 지닌 명

탐정이 한데 모여 두뇌 싸움을 펼치다가 깔끔한 해답으로 모든 것을 정리하는 퍼즐 미스터리는 약속된 장르의 영토 안에서만 가능한 일일지니. 범죄란 본래 복잡한 공동체, 불특정 다수의 용의자, 불 보듯 뻔해 보이는 범행, 어서 사건을 해결하고 가정의 품으로 돌아가고 싶은 수사관들이 뒤얽혀 만들어 내는 소란스러운 행위이며, 설령 발품을 팔아 해답에 이른다고 하더라도 늘 정리되지 않은 잔재를 남긴다. 그리고 맥베인이 작가로서 가장 섬세한 솜씨를 발휘하는 것은 바로 그런 잔재를 그러모으는 대목이다. 살인 사건이 벌어졌을 때 경찰이라는 조직 체계가 작동하는 방식, 사사건건 형사들의 주의를 흐트러뜨리는 증인들의 행각에서 우러나는 유머 감각, 아무런 소득도 없는 탐문 수사에 굳이 페이지를 할애하는 수고로움, 한 사람의 행인처럼 길을 거닐며 도시 전체의 구조를 조망하는 시선. 이런 근사한 잉여의 순간들 없이는 맥베인을 말할 수 없다.

특히 『조각맞추기』에서는 아서 브라운 형사를 다루는 방식을 통해 맥베인의 이와 같은 태도가 잘 드러난다. 첫 문장에서부터 '아서 브라운 형사는 흑인이라고 불리는 것을 좋아하지 않았다.'라고 말하는 소설이고 보면 이 작품이 흑인에 대한 인종차별을 다루고 있노라고 서둘러 요약하고 싶어질지도 모르겠으나, 그것은 지나치게 간단한 요약이다. 만약 맥베인이 이 작품을 통해 인종차별에 관해 강론하고자 했다면, 그리하여 브라운이라는 캐릭터 역시 인종차별이라는 주제에만 완전히 복속시키고자 했다면, 인종 증오 범죄를 수사하는 흑인 경찰이라는 구도를 취하는 편이 훨씬 쉽고 명쾌했을 것이다. 그러나 맥베인은 '브라운은 피부색이나 영혼에서 자신의 정체성을 찾는 사람이 아니었다. 그는 자신의 정체성을 사람이라는 데에서 찾고자 했고, 보통은 쉽게 찾을 수 있었다.'라고 썼으며, 그 자신 또한 브라운의 정체성을 사람이라는 데에서 찾고자 했다. 『조각맞추기』의 가장 훌륭한 점 중 하나는 아서 브라운을 '흑인 캐릭터'로 만들지 않고 그냥 '캐릭터'로, 다른 온갖 피부색을 지닌 사람들과 마찬가지로 그 자신만의 삶을 지닌 복합적인 존재로 만들었다는 데에 있다. 그리하여 독자는 그에게서 '차별당하는 흑인'이라는 얄팍한 관념을 보는 대신 87분서의 노련한 형사, 스티브 카렐라의 믿음직한 파트너, 근무 때문에 집으로 퇴근할 수 없어 아내를 그리워하는 남편, 감기에 걸린 아이에게 책을 읽어 주는 아버지, 노골적이고 조건반사적으로 튀어나오는 인종차별에 대해 분노하기보다는 웃어버리면서 스스로 그 편견을 이용할 줄 아는 흑인, 가난의 기억을 간직한 소년을 본다. 인종의 문제는 브라운의 삶을 구성하는 많은 요소 중 하나일 뿐이며, 브라운 자신은 어떤 면에서 인종 문제보다, 또는 이 『조각맞추기』라는 작품 전체보다 더욱 큰 존재다. 맥베인은 크고 복잡한 존재를 끼워 맞추기 쉽게 간략화하여 한 작품 안에서 모두 해명하려 하는 대신 그대로 내버려 두는 편을 택하는 겸손하고 현명한 작가다. 이것이 그의 작품에 '잉여'가 많은 이유이며, 그가 대가인 이유이기도 하다.

예를 들어 어린 시절에 대한 브라운의 기억이 작품 속에서 드러나는 방식을 보자. 맥베인은 그의 기억을 굳이 사건과 플롯으로 구체화하여 설명적으로 전달하는 대신 그저 현재의 틈새로 출몰하는 유령처럼 내버려 둔다. 만약 범죄가 문제와 풀이 과정과 해답으로 명료하게 떨어지는 수식일 수 있다면, 그러한 기억의 흔적은 쓸데없는 잉여로 치부하고 삭제해도 좋을 것이다. 그러나 범죄는 늘 삶 한가운데에서 벌어지기 마련이며 명료한 인과관계가 보이지 않을지라도 기억 또한 삶의 일부이다. 브라운의 기억은 이 지그소 퍼즐 사건이 해결된다고 해서 사라질 '문제'가 아니라 사건의 관련자들이 살아가는 도시의 환경에 달라붙어 있는 공통의 기억이다. 빈곤한 어린 시절에 대한 브라운의 체험은 와인버그가 사는 동네의 환경이나 토박이들의 히피 박해로 점철된 역사, 혹은 쓰레기장을 뒤에 두고 사는 로버트 쿰스의 가게, 또는 형사들은 꿈도 꿀 수 없는 에르바흐의 고급 아파트에서 내다보이는 도시의 풍경이나 '대조가 극명한' 아이솔라 시의 전경 등으로 그 모습을 바꾸어 가며 작품 전체에서 계속 어른거린다. 명료한 인과관계가 아니라 아이솔라 시의 특정 환경에서 자란 사람이 평생을 보고 느껴 왔을 정서가 이 풍경들을 연결하며 커다란 그림을 그리도록 이끈다. 사진 조각과 돈의 행방은 하나의 사건과 그 관련자들의 행각을 이해하도록 해 주지만 브라운의 기억은 그들이 사는 세계를 이해하도록 해 주는 것이다. 맥베인은 전자를 소홀히 여기지는 않으나 전자를 통해 후자에 가닿고자 하는 작가다(더불어 이는 한 편 한 편 독립적인 작품을 넘어서서 아이솔라라는 거대한 세계를 구성하는 87분서 시리즈에 대해서도 마찬가지로 적용할 수 있는 이야기이리라).

이처럼 명쾌한 풀이와 답이 있는 논리의 문제가 아니라 기억과 인상, 삶의 흔적이나 인간에 대한 이해와 관련된 문제인 만큼 본서 곳곳에 남은 조각들을 일일이 거론하며 해설하는 것은 도리어 독자들의 감상을 망치는 일에 지나지 않을 것이다. 그보다는 본 지그소 퍼즐을 다 맞추었다 여기며 서둘러 액자에 넣고 봉하시는 대신 완성된 그림의 세부 사항과, 이 퍼즐만으로는 알 수 없는 더 큰 그림의 흔적을 어루만져 주시기를 청하는 편이 현명할 듯싶다.

다만 그와 같은 청이 너무 막막하다 싶으실 때는 일단 브라운과 마찬가지로 제럴딘 퍼거슨이 인도에서 롤러스케이트를 타 본 적이 있을까 생각해 보아 주시기를. 적지 않은 독자들이 이 의문의 의미에 대한 명쾌한 '해답'을 원하실 지도 모르겠으나 본문에서 나타나듯 브라운조차도 왜 자신이 그런 생각을 했는지, 또 거기에 어떤 의미가 있는지 알지 못한다. 만약 이 책이 문학 해설서라면 '70년대 미국에서, 어린 시절 인도에서 롤러스케이트를 타는 행위의 문화적 함의에 관한 고찰'과 같은 논문이라도 곁들여야 할 테지만, 그 어렴풋하고 아련하면서도 쓸쓸한 감정에 살짝 발을 담가 보는 데에 필요한 재료는 독자들에게도 이미 모두 제시되어 있다. 브라운이 접한 제럴딘의 언행, 그녀와의 대화 사이로 언뜻언뜻 드러나는 과거, 현재 삶의 모습, 거기에 인도에서 롤러스케이트를 타는(혹은 탈 수밖에 없는?) 기분, 그때 발을 타고 다리를 지나 온몸으로 전해져 오는 우둘투둘한 지면의 감촉을 되새긴다면 이 수수께끼는 제럴딘의 삶,

브라운의 삶, 그리고 아이솔라 시의 삶에 대한 단면을 제공해 줄 것이다. 그리고 아마도 그것이 맥베인의 소설에서 우리가 얻을 수 있는 가장 값진 퍼즐 조각이리라.

2013년 9월 20일
한가위를 떠나보내며
홍지로

조각맞추기
JIGSAW

초판1쇄 발행 2013년 10월 7일

지은이 | 에드 맥베인
옮긴이 | 홍지로
발행인 | 박세진
편　집 | 이도훈
교　정 | 김요나, 박은영, 양은희, 윤숙영, 이형일, 채혜진
표지디자인 | 허은정
용　지 | 두송지업
인　쇄 | 대덕문화사
제　본 | 자현제책사

펴낸곳 | 피니스 아프리카에
출판등록 | 2010년 10월 12일 제25100-2010-000041호
주소 | 137-040 서울시 서초구 반포동 47-5 낙강빌딩 2층
전화 | 02-3436-8813
팩스 | 02-6442-8814
블로그 | www.finisafricae.co.kr
메일 | finisaf@naver.com

책값은 뒤표지에 있습니다.
파본은 구입하신 곳에서 교환해 드립니다.